당신 덕분에
여기까지 왔습니다

물처럼 낮은 곳에서 당신이 보여 주신 희망의 노래

물처럼 낮은 곳에서 당신이 보여 주신 희망의 노래

당신 덕분에
여기까지 왔습니다

최종수 신부 지음

이지출판

당신의 향기

이슬을 품고 자라난 구절초
형님과 도란도란 꽃을 땄습니다

노란바구니에 쌓이는 향기들
잡초 속에서 피워 올린 사랑
인생의 밭에서 피어나는 꽃도 그러하겠죠

꽃을 따는 내내
당신을 생각했어요

은하수 별꽃처럼 수없는 꽃들
천사가 뿌려 놓은 향기
내 영혼의 밭에도 피어 있는 눈부신 꽃들

당신이 뿌려 놓은 사랑의 꽃입니다
당신을 향해 핀 감사의 꽃입니다

손끝에 물든 구절초 향기 맡으며
당신의 향기 속으로 잠이 듭니다.

천국에도 자장면이 있을까요

은총의 시간 _ 빼까일기

미룰 수 없는 꿈과 사랑

그리운 벗에게

찔레꽃 향기, 맑은 마음으로

찔레꽃 향기, 맑은 마음으로

나무는 꽃이 있고 사람은 가슴이 있습니다. 꽃은 향기를 뿜고 사람은 감동을 품고 삽니다. 꽃이 화려해서 아름다운 것만은 아닙니다. 오히려 순수해서 더 아름다운 꽃이 있습니다. 화려한 옷에 현란한 화장을 한 여자에게서 느끼는 아름다움보다 아무것도 치장하지 않는 순수한 여자에게서 느끼는 아름다움이 그러할 것입니다.

화려함은 제로지만 순수해서 아름다운 꽃이 있습니다. 찔레꽃이 그러합니다.

새벽일을 나가던 어느 날, 찔레꽃 향기를 보았습니다. 그 향기에 홀려 개울가로 내려갔습니다. 꽃향기 다 바치고 산 아래 마을로 유유히 흘러가는 하얀 꽃잎들, 눈길을 뗄 수가 없었습니다. 그 꽃잎들 사이로 나무와 하늘이 비치고 환한 미소가 아른거렸습니다. 당신이라는 얼굴, 당신의 마음, 당신의 향기였습니다. 찔레 가시들 속에서 피어난 환한 얼굴, 그 맑은 향기는 산을 넘어 당신께로 달려가고 있었습니다.

찔레꽃 향기에 취해 낮은 자세로 엎드려, 가시덤불 속으로 유년의 추억 속으로 팔을 길게 내밀었습니다. 허기진 배를 채워 준 연푸른 줄기, 가시덤불 속에서 피어나 그리도 순한 빛일까요. 포동포동 살 오른 새순을 땁니다. 껍질 한 올 벗겨 씹는 어린 시절의 향수, 그러나 그 시절의 달콤한 맛이 아니었습니다.

꽃향기는 변함없는데 왜 맛이 변한 것일까요. 그것은 빛바랜 순수함일 것입니다. 그런데 왜 향기는 코끝에서 긴 여운으로 감도는 것일까요. 아마도 가시를 딛고 올라간, 가시가 피워 올린 향기라 그런가 봅니다. 사람의 향기도 우리네 삶도 사랑도 찔레꽃처럼 시련 속에서 고통 안에서 피어나는 꽃인가 봅니다.

농부이신 아버지의 마음을 배워 가고 있는 농촌의 삶입니다. 물소리 새소리를 들으며 새벽일을 나가 풀을 뽑기도 하고 괭이와 삽으로 이랑을 만들기도 합니다. 농민의 수고가 얼마나 아름다운 희생과 사랑인지를 가슴 뭉클하게 느낍니다. 그 감동 속으로 파도처럼 밀려오는 그리움, '8남매 홀어머니가 우리를 이렇게 키웠구나.' 콧날이 시큰해지고 금세 뜨거운 이슬이 눈망울에 고이고 맙니다.

이슬비를 맞으며 들깨모를 심었습니다. 무릎을 옮길 때마다

　　당신 덕분에 여기까지 왔습니다

작은 통증이 들꽃처럼 피어났습니다. 집 한 채 지으면 10년은 늙는다는데, 병아리 초짜농부가 14개월 동안 세 채의 집과 저온창고와 발효 똥돼지막(쌀겨, 깻묵, 톱밥, EM과 게르마 효소를 이용한 생태화장실)을 지었습니다.

무릎의 작은 통증의 꽃은 농민을 이해하는 동병상련의 꽃이었습니다. 농번기에는 몸이 아파도 병원에 갈 수 없다는, 농민의 고백을 몸으로 깨닫는 시간들입니다.

어느 신부님이 농촌에 적응하면서 아프지 않은 곳이 없었다고 합니다. 육체적인 어려움은 농촌에 적응하기 위한 통과의례인 것입니다. 작은 통증의 꽃은 안쓰러운 농민의 아픔을 조금이라도 이해할 수 있게 해 주는 은총의 선물이었습니다.

그런 연민의 은총만큼 커다란 기쁨도 있습니다. 풀을 뽑고 모종을 할 때 온몸에서 구슬땀이 솟아오르듯 문득문득 떠오르는 사람들. 지상에서 천국처럼 살려고 노력하는 사람들과 이웃과 세상을 위해 자신을 희생하는 사람들, 기도해 주어야 할 사람들과 사랑하는 사람들입니다.

초짜농부가 노동을 통해서 바치는 기도의 기쁨이 그러합니다. 희망이 되어 주고 희망이 되고픈 그리운 사람들, 바로 당신이 있어 흙을 만지고 씨앗을 뿌릴 수 있고 행복할 수 있는 이유입니다. 아름다운 세상을 위해 기도하고 후원하며 사랑의 삶을 사는 당신이 있어 누리는 행복입니다.

이른 봄부터 목조주택학교로 시작한 귀농인의 집이 완성되었습니다. 그동안 많은 분들이 자원 봉사해 주었습니다. 목조주택 학생으로, 주방과 농장의 봉사자로, 은퇴를 앞둔 아버지 같은 신부님께서도 삽질을 함께 하신 수고의 결실이었습니다.

그동안 집짓기로 미루어 두었던 토종고추 모종(붕어초, 수비초)을 괭이와 삽으로 이랑을 만들어 이식했습니다. 지금은 블루베리가 하나 둘 진보랏빛으로 익어가고 있습니다. 첫 수확의 기쁨을 나누고자 이슬비 맞으며 블루베리를 땄습니다. 블루베리를 믹서에 갈아 우리밀 반죽을 만들었습니다. 보랏빛 반죽이 얼마나 고운지요. 먼 길을 달려오실 아름다운 사람들에게 대접할 우리밀 블루베리 수제비 재료입니다.

밤새 내린 비가 그칠 줄 모르고 종일 내립니다. 사방이 산으로 둘러싸인 마을은 동남쪽으로만 열려 있습니다. 동남쪽 마을의 창으로 보이던 겹겹의 산들이 안개비에 묻혔습니다. 안개비에 가려 보이지 않아도 산이 있음을 압니다. 멀리 있는 그리운 사람들을 향한 그리움도 그렇게 산처럼 자리하고 있습니다.

산 속 삶은 그리움이 깊어가는 삶인가 봅니다. 우리가 볼 수 없지만 우리 삶 속에 함께 계시는 그분, 농촌의 희망을 일구어 가는 삶은 그분을 향한 십자가의 노래입니다. 가시덤불 속에서 피워 올리는 찔레꽃 사랑입니다.

비닐하우스 개그콘서트

봄입니다. 희망의 계절입니다.

농부는 봄이면 씨를 뿌립니다. 눈앞의 이익을 따지지 않고서요. 허리가 휘도록 일을 해도 최저생활비를 웃도는 소득이 전부지만, 생명을 사랑하기에 씨를 뿌립니다.

토종고추 모종을 심는 날입니다. 백초 효소에 담가 씨를 뿌려서 그런지 얼른 키가 자라 포트에 옮겨 심어야 합니다. 막걸리를 세 병 챙겨 비닐하우스로 갔습니다. 공소 회장님과 다른 아버님, 어머님 여섯 분이 모종을 포트에 옮기고 있습니다.

정성들여 새싹을 옮기는 손길이 아름답습니다. 누굴 위해 옮기는 새싹일까, 잠시 푸른 싹이 머리를 스쳐갑니다. 하늘의 도움 없이 농사를 지을 수 없다는 것을 너무도 잘 아는 농부들의 손길이 기도처럼 느껴졌습니다. 누가 이 손길을 축복해 줄 수 있을까요?

귀하고 감사하게 먹는 마음길이겠지요.

"어머님들, 제가 재밌는 얘기 하나 할까요?"

"재미없으면 허지 마쇼잉."

"아따 거시기헌 얘긴데 들어보쇼잉."

"밑 터진 바지를 입은 세 살박이 손자녀석이 마루에 걸터앉아 거시기를 만지작거림서나 할머니에게 물었어요. '할머니, 이게 뭐야?' '응, 잠지란다.' '그럼 엉아 꺼는?' '고추란다.' '그럼 삼촌 건?' '자지란다.' '그럼 아빠 것은?'"

"아빠 것은 뭐죠, 어머니? 한 자인디."

"아따 그걸 어떻게 입으로 말헌다요, 총각 앞에서."

"그믄 총각인 제가 어떻게 그것을 말헌데요?"

"'할머니, 그럼 할아버지 것은?' 그러자 할머니가 벌떡 일어나 손자 머리통을 쥐어박으며 호통을 쳤는데, 그 소리가 뭐게요? 힌트는 첫 자가 'ㅈ'으로 시작되는디."

"우리는 그런 손자가 없어서 모르건는디요."

"그걸 어떻게 제가 말한다요, 영원한 총각이."

"너무 어렵구만. 신부님이 말해 불쇼."

"ㅇ도 아녀."

"어매, 우리 할아버지 들으면 기절초풍하겠네. 하~하~하~."

　손도 귀도 즐겁게 일을 합니다. 어느새 새참 시간이 되었습니다.
호박팥떡과 제육볶음과 사과였습니다. 꿀맛입니다.
　"술은 장모가 따라도 여자가 따라야 헌디 신부님도 따라주기만
허지 말고 한잔 헛쇼."
　"제가 이쁜 여자한테 술을 받으면 떠니까 이해하세요."
　"하~하~, 할머니를 여자로 알아주니 어매 존 거, 하~하~하."
　나누는 이야기도 음식도 술도 꿀맛입니다. 이래서 일도 여럿이
하고 밥도 여럿이 먹으라 했나 봅니다.
　"아따 술 한 잔 헌게 입이 간질간질하네요. 노래 한 자리 할까요?"

"어매, 좋지라."

"박수가 없네요."

"혼자 북 치고 장구 치고 다 헛쇼. 하~하~하~ 짝짝짝."

"콩밭 매는 아낙네야 배적삼이 흠뻑 젖누나. …홀어머니 두고 시집 가던 날…."

"어매, 이 집 고추는 엄청 잘 되겠네. 이렇게 명카수 노래까지 들 었응게요."

모종을 심은 포트에 물조리개로 물을 뿌리고 굵은 철사를 포트 옆에 꽂습니다. 모종 포트에 지붕이 만들어집니다. 추위를 덮어 줄 비닐을 씌웁니다. 괭이로 비닐에 흙을 얹어 줍니다.

"온종일 할 줄 알았는데 신부님과 형제님이 오셔서 후닥닥 오전 에 끝내 버렸네요."

"아버님, 제가 감사합니다. 행복한 시간이었어요. 행복이 따로 있는 게 아니라는 걸 다시 생각했습니다. 이렇게 함께 일하고 막 걸리 잔을 돌리고 함께 웃는 일이 행복 아닐까요."

맑은 마음의 등불

덕유산 향적봉을 오르기 위해 곤돌라를 탔습니다. 해발 1,500m 고지에서 내려다본 계곡은 초록 밭 군데군데에 야생 수국이 하얀 꽃불을 질러 놓았습니다. 정상으로 향하는 길목에 자리한 고사목인 구상나무는 또 우리 발길을 붙잡아 놓기에 충분했습니다. 그곳에는 인간의 셈법으로는 계산할 수 없는 세월이 머물러 있었습니다.

정상을 향해 가던 중 우리 일행 하나가 하산하는 길손에게 물었습니다.

"앞으로 얼마나 더 남았습니까?"

"글쎄요, 올라가도 안개가 끼어서 아무것도 보이지 않습니다."

시큰둥한 길손의 대답에 숨차게 산을 오르던 한 할머니가 그만 망부석처럼 멈춰 서고 말았습니다.

"그래요! 쎄가 빠지게 올라갈 것 없다고요."

할머니의 실망 찬 표정에 내 입이 꽃봉오리처럼 터져 버렸습니다.

"할머니, 이곳에 언제 또 오겠어요? 오늘이 마지막이라 생각하시고 한 발 한 발 오르세요."

그 순간 절망은 희망으로 바뀌어 영차, 할머니를 움직여 놓았습니다. 그리고 마침내 우리 일행은 정상에 다다랐습니다. 그때 중도에서 포기하려 했던 할머니가 반갑게 인사를 건넸습니다.

"언제 다시 이곳에 올 수 있겠냐는 저 양반의 한 마디에 향적봉까지 올랐네요. 고맙습니다."

산을 오르다 보면 "힘내세요. 조금만 더 가면 됩니다"라고 말하는 이가 있는가 하면, "아직 멀었습니다. 볼 것도 별로 없던데요" 하는 사람이 있습니다. 이처럼 말은 향기와 함께 그 빛깔을 가지고 있습니다. 아무리 좋은 말이라도 향기와 아름다움이 스며 있지 않으면 그 말은 상대방을 감동시킬 수 없습니다.

그런가 하면 말에는 무엇보다 진실이 담겨야 합니다. 진실된 그 한 마디가 포기하려는 절망을 딛고 다시 일어서게 만들기 때문입니다.

우리는 살아가면서 참 많은 말을 합니다. 사랑의 말로 위로와 격려를, 삶에 힘을 주는 말로 용기와 열정을 나눕니다. 당신도 오늘 누군가에게 사랑과 감동의 말을 전할 수 있다면 바로 그것이 아름다운 삶입니다.

  미국의 여류시인 에밀리 디킨슨의 '만약 내가' 라는 시가 머리를
스쳐갑니다.

> 만약 내가 한 사람의 가슴앓이를
> 멈추게 할 수 있다면
> 나 헛되이 사는 것은 아니리.

> 만약 내가 누군가의 아픔을
> 쓰다듬어 줄 수 있다면
> 혹은 고통 하나를 가라앉힐 수 있다면
> 혹은 기진맥진 지친 한 마리 물새를
> 둥지로 되돌아가게 할 수 있다면
> 나 헛되이 사는 것은 아니리.

  우리 자신과 타인에게 사랑과 긍정과 꿈을 줄 수 있는 희망의 말
을 하면 어떨까요. 사랑의 말은 상처를 치유하고, 격려와 칭찬의
말은 주변을 환하게 밝혀 주니까요. 눈은 몸의 등불이지만 말은
마음의 등불입니다.

사랑을 이고 오신 만두 할머니

오전 미사가 끝나고 할머니 한 분이 다가오셨습니다. 안녕히 가시라고 손을 잡아 드렸더니 손을 놓지 않고 이렇게 말씀하셨습니다.

"신부님, 오늘 사제관에서 만두 만들면 안 될까요?"

"좋지요."

"그럼 사람 손이 좀 필요하니 나팔 좀 불어 주세요."

"그러지요."

쇠뿔도 단김에 빼랬다고 바로 손나팔을 불기 시작했습니다.

"30분 후 사제관에서 만두를 빚는답니다. 시간 있으신 분은 사제관으로 오세요."

딩동딩동, 사제관 초인종이 울리고 만두소가 가득 담긴 양동이를 머리에 인 할머니가 들어오셨습니다. 재빨리 그것을 받았습니다.

"아휴, 저에게 말씀하셨으면 차로 싣고 올 텐데⋯ 이 무거운 걸

왜 이고 오셨어요."

할머니는 익숙한 손놀림으로 교자상 다리를 접어 바닥에 눕히더니 반죽한 밀가루를 맥주병으로 밀어 만두피를 만들었습니다. 그러고는 여러 빛깔의 만두소처럼 맛깔스런 이야기보따리를 한바탕 풀어 놓았습니다.

"신부님, 지가 왜 사제관에서 만두 빚자고 헌지 아세요. 집에서 만들면 두 쟁반 이상 들고 올 수가 없잖아요. 글고 제 집이 아니라 딸네 집이잖아요. 근데 사제관에서 만들면 몽땅 냉동실에 넣고 갈 수 있고, 손님이 오거나 혼자 드실 때 언제든지 꺼내 드시면 얼마

나 좋겠어요."

할머니는 열심히 손을 놀리면서 말씀을 이어갔습니다.

"근디 신부님, 무 하나에 3,000원 하더라고요. 너무 비싸서 살 수가 있어야지요. 언젠가 농산물 시장에서 보니까 허리가 토막 난 무를 팔드라고요. 그래 시오리 길을 걸어 갔는디 가는 날이 장날이잖요. 주일날 비가 와서 월요일에 무가 시장에 안 나와가꼬 하나도 없더라고요. 빈손으로 올랑께 겁나게 팍팍하더구먼요."

할머니 옆에 나란히 앉은 어머니 한 분이 묵은 김치를 잘게 썰어 만두소가 담긴 양동이에 넣더니 두 손으로 비벼댔습니다. 두부가 으깨어지지 않아서 그러는 모양입니다.

점심때가 다 되어 끓는 물에 만두를 넣은 다음 양파와 호박을 썰어 라면과 함께 넣었습니다. 맛있는 만두라면을 할머니, 자매님과 함께 도란도란 먹었습니다.

공동체에서 이웃을 향한 따뜻한 마음이 있기에 사제는 혼자서도 외롭지 않습니다. 아름다운 기도와 사랑이 있기에 사제는 십자가를 질 수 있습니다. 가난한 사람들과 아파하는 세상에 빛과 희망을 주시는 프란치스코 교황님처럼.

무지개 수제비, 일곱 빛깔 사랑을 먹다

꼭두새벽부터 내리기 시작한 비가 날이 밝도록 그칠 줄을 모릅니다.

오늘은 척추교정 봉사자들에게 어떤 음식을 대접할까? 잠시 생각에 잠겼습니다.

냉동실에서 칠색 수제비 반죽을, 김치냉장고에서 무를 꺼냅니다. 큰 솥에 양파와 멸치, 당근과 무, 다시마를 넣고 육수를 끓입니다. 그런 다음 미사를 마치고 돌아와 당근 채와 꽃무늬, 양파, 감자, 호박, 대파를 썹니다.

잠시 후 허리와 무릎 치료를 받을 할머니, 어머니들이 사제관으로 들어오며 한 마디씩 거듭니다.

"우리 신부님 칼질하는 솜씨가 드럼 치는 소리처럼 기똥차게 들리네요."

"그렇지요? 오늘 연주는 난타 수제비입니다."

"하! 하! 하!"

사제관에 웃음꽃이 만발합니다.

많은 환자들이 기다리고 있어서 점심 먹을 시간이 없다는 말에 부랴부랴 수제비를 뜹니다. 빨강, 주황, 노랑, 초록, 연두, 보라, 하양에 여러 가지 야채가 뒤섞여 일곱 빛깔 무지개보다 훨씬 더 아름답습니다.

식사를 못하고 돌아서는 두 봉사자님에게는 냄비 가득 수제비를 담고, 어제 담은 생김치도 한 포기 챙겨 넣었습니다.

"수제비를 제일 좋아하는데 정말 감사합니다, 신부님."

수제비를 받아든 두 형제님의 얼굴에서 웃음꽃이 환하게 피어납니다.

비가 오는 날, 아버님 어머님들과 함께 칠색 반죽에 야채가 어우러진 일곱 빛깔의 사랑을 나눠 먹습니다.

가끔은 사는 일이 지루하거나 따분하게 느껴질 때가 있습니다. 아니, 짜증나고 힘들고 고통스럽게 느껴질 때도 있습니다. 산다는 것은 원래 그런 게 아닐까요.

하여 이러한 삶에서 벗어나지 못한다면 일상이 침체되고 무기력해질 것이며, 또한 우리 삶에 잡초만 무성히 자라 아무런 열매도 맺지 못합니다. 반면 무슨 일이든 열정을 다해 삶을 자기 것으로 만든다면 놀라운 세상을 만날 수 있습니다.

가족을 위해 음식을 준비하는 것처럼 다른 사람을 위해 한번 시간을 내어 보십시오. 밀물처럼 행복이 밀려올 것입니다.

홍시&김치 피자

음식은 사랑의 완성입니다. 사랑 없이는 좋은 음식을 만들 수 없기 때문입니다. 오늘은 오랫동안 미뤄 온 숙제를 마치기로 마음먹었습니다.

어려운 이웃들의 가정을 방문해서 돕고 있는 수녀님들과 봉사자와 후원자들의 월례미사가 있는 날, 여름이 가기 전에 꽁보리 비빔밥을 대접하기로 했는데 가을이 다 가고 있어 더는 미룰 수가 없었습니다. 깜짝 놀랄 음식으로 무얼 준비할까 고민하다가 마트에 가서 치즈와 소시지, 토마토와 버섯 등을 사 왔습니다.

오늘의 요리는 홍시 피자. 먼저 빵 반죽을 해서 숙성시켜야 합니다. 노른자를 분리한 흰자에 소금을 넣고 거품기를 한 방향으로 젓습니다. 가능하면 밀가루는 우리밀을 쓰는 게 좋겠지요. 수입 밀에는 방부제가 많아 몸에 좋을 리가 없고, 우리밀은 몸에도 좋고 땅을 살리고 농촌을 살립니다.

거품 낸 흰자를 밀가루에 넣고 매실 효소를 반 컵 정도 섞어 반죽을 합니다. 우유나 이스트를 조금 넣으면 빵이 부드러워집니다. 반죽이 너무 되면 빵이 딱딱하기에 묽게 반죽해야 합니다.

다음은 소스 만들기. 홍시 두 개에서 씨를 빼고 토마토케첩 대신 쓰는 고추장은 감 하나만큼 넣어야 합니다. 갈은 돼지고기를 한 컵 정도 넣고 양파 하나를 토막 내어 넣습니다. 된장은 한 큰술 정도 넣고 후추를 뿌립니다.

그리고 묵은 김치는 이파리 부분을 잘라내고 줄기만 채를 썹니다. 10인분에 김치는 두 쪽 정도. 묵은 김치를 넣을 때는 국물을 꼭 짜야 합니다. 빡빡한 소스를 만들려면 물기는 없어야 합니다. 묵은 김치가 없으면 신김치를 사용하면 되는데, 김치가 들어가야 느끼하지 않고 먹어도 먹어도 질리지 않습니다. 빡빡해질 때까지 중간 불에 끓입니다. 이때 국자로 바닥을 저어야지, 소스가 타면 피자를 망치게 됩니다.

버섯은 소금 간을 해 두었다가 물기를 꼭 짜든지, 프라이팬에 소금을 뿌리고 살짝 데쳐서 물기를 짜야 합니다. 소스가 빡빡해야 소스 위에 올리는 재료들이 겉돌지 않습니다. 피망은 동그랗게 방울토마토는 반으로 썰고 귤은 껍질을 까서 하나씩 떼어 놓습니다.

소시지는 어슷하게 써는데, 소시지보다는 베이컨이 좋지만 오늘은 소시지를 사용하기로 했습니다.

피자를 굽기에는 전기 프라이팬이 좋습니다. 불 조정하기가 가스레인지보다 쉽기 때문이지요. 대형 프라이팬에 식용유나 버터를 떨어뜨리고 반죽을 얇게 까는데, 반죽을 펴는 데는 요령이 필요합니다. 국자 바닥에 소스를 묻혀서 반죽을 펴고 그 위에 소스를 흠뻑 올려서 역시 고르게 폅니다. 소스 위에 피자 치즈를 흠뻑 뿌린 다음 치즈 위에 데코레이션 슬라이스 치즈와 피망과 소시지, 귤과 방울토마토 등을 장식하고 뚜껑을 덮습니다. 중간 불에 10분 정도 놔두면 치즈가 녹으면서 구수한 냄새가 진동합니다.

프라이팬째 보자기에 싸서 가정방문실로 갔습니다. 월례미사를 마치고 수녀님들과 봉사자, 후원자들이 둘러앉아 피자를 들고 있는 눈빛에 호기심이 가득합니다. 얼마나 맛있을까. 피자 한 쪽으로도 오순도순 정겹습니다. 입가에 가득한 미소, 천국이 따로 있을까요.

"뭔 피자랑가요?"

"홍시 앤드 김치 피자요."

"어떻게 이렇게 간이 잘 맞아요."

"사랑의 양념이 들어가면 간이 저절로 맞아요."

"하~하~하!"

신부님 고추 좀 따올랑가?

오전 9시부터 일을 시작했는데 채 한 시간도 지나지 않아 고추 밭 고랑은 한증막을 방불케 했습니다. 손에 익지 않은 탓인지 고추 따는 일이 생각처럼 쉽지 않았습니다. 다행히 많은 사람들과 함께 고추를 따서 한결 수월했습니다.

고추를 따는 동안 세상살이나 이웃집 자식들 이야기를 주고받으면 힘도 덜 들 뿐 아니라 능률에 시간까지 잘 갑니다. 그런가 하면 약방의 감초처럼 약간의 농이 오갈 적엔 서로 웃어가며 일할 수 있습니다.

"나환우 마을에 모 신부님이 계실 때 일이에요. 사제관 텃밭에 고추를 심었는데, 사제관 옆 양로원 주방에서 요리를 하던 자매님이 다른 자매님에게 고추 심부름을 시켰어요. '어이! 신부님 고추 좀 따올랑가?' 그러자 자매님은 '아, 어제 따 먹었는디 벌려, 고추는 실한데 영 맛이 없어' 하더래요."

"아니! 신부님 거시기가 비록 쓸 일이 없다지만 그걸 따 버리면 어떡헌다요?"

"그러니까요."

진한 농에 한바탕 웃었지만, 이미 옷은 땀으로 흠뻑 젖었습니다. 겨우 반나절 고추를 땄는데도 무척 힘들었습니다. 품앗이나 날품 팔이로 매일 고추를 따는 농민들의 노고를 조금은 알 것도 같았습니다.

그런데 요즘 고추 시세가 말이 아니랍니다. 봄부터 심고 가꾼 일 년 농사인데 값이 나오지 않아 걱정이 태산이라고 합니다.

농부가 탐스럽게 익은 빨간 고추를 따면서도 한숨을 내쉬는 까닭은 농촌 정책 부재 탓입니다. 고추와 쌀 없이는 단 하루도 살 수 없는 한국 사람들. 그럼에도 고추 한 근이 커피 1g보다 싼 나라에서 어느 누가 한국 농촌의 미래와 희망을 말할 수 있겠습니까?

문제는 내일입니다. 지금 당장 농촌을 살릴 정책과 지원이 없다면 젊은이들이 떠난 농촌은 급속도로 몰락하고 말 것입니다. 무엇보다도 국가의 미래를 찾기가 어려울 것입니다. 지구온난화가 갈수록 심각해지고 있는 지금, 금을 주고도 식량을 구할 수 없는 시대가 멀지 않았으니까요.

　세상에서 가장 존경받아야 할 사람은 누구일까요? 씨앗을 뿌리고 가꾸며 하늘의 이치에 순명할 줄 아는 농부야말로 그 누구보다 먼저 존경받아야 할 사람이 아닐까요.

　농부의 아들로 나고 자란 저는 지금 하느님의 사랑인 생명과 창조를 가르치는 성직자의 길을 걷고 있습니다. 하느님께서 농부이신 것처럼 사제 또한 농부입니다. 신앙의 씨앗을 뿌리고 가꾸는 영혼의 농부지만 영혼이 깃든 육체의 생명을 보호해야 합니다. 육체 없이는 영혼 또한 구원될 수 없기 때문입니다.

행복한 돼지 세 자매

산다는 것은 무엇일까요. 주고받는 정일까요. 누군가에게 줄 것이 있는 사람은 행복합니다. 받는 사람보다 주는 사람이 더 행복하니까요.

삼촌처럼 사랑하는 사람을 만나러 갑니다. 여러 효소들이 서늘한 뒤안에서 저온으로 잘 숙성되고 있습니다. 블루베리와 백초 효소를 항아리에서 병에 담습니다. 코발트빛 블루베리는 눈길을 사로잡고 백초는 달콤한 향기로 침샘을 자극합니다.

장독대 아래 둠벙으로 작은 폭포가 떨어집니다. 소나무와 잣나무와 들꽃 향기는 물론 토종닭 울음소리와 블루베리 향기까지 맡으며 숙성된 고로쇠 된장을 담습니다. 항아리 안으로 머리를 박고 간장 향기를 맡습니다. 간장에서 단내가 납니다. 새끼손가락으로 찍어 혀에 댑니다. "음~ 이 맛이야!" 저절로 감탄사가 나옵니다. 삼대의 향기가 담긴, 100년 묵은 씨 간장을 넣은 그 맛이 혀끝을 사로잡습니다.

삼촌은 차려놓은 음식을 먹고 가야 한다며 거실로 안내합니다. 아침 일찍부터 일을 하니까 샛거리 먹을 시간 아니냐며 한 대접씩 상에 올립니다. 부산에서 온 어묵에 전라도 솜씨가 더해졌으니 맛은 둘이 먹다가 한 사람이 죽어도 모르겠습니다.

파레트를 피스로 박아 이동막사를 만들었습니다. 40kg 중돼지 세 자매를 실었습니다. 사료도 다섯 포대를 트럭에 실어 주십니다. 감사하다는 인사에 우즈베키스탄에서 온 두 형제님이 하얀 이를 보이며 배꽃처럼 환하게 웃었습니다. 자식처럼 키운 돼지를 선물하는 삼촌이 작별인사를 합니다.

"너희는 생태마을로 가니까 행복한 돼지들이야. 잘 살아라."

돼지가 추울까 봐 시속 60km가 넘지 않도록 천천히 달려 블루베리꽃이 한창 피어나는 생태마을에 도착했습니다. 행복한 돼지세 자매를 돼지막으로 넣어야 하는 입주작전이 시작되었습니다. 옆문을 따고 파레트 하나를 제거하고 한 마리씩 막사에 넣었습니다. 넣자마자 먹이통에 물을 주었습니다. 119, 긴급 상황이 발생하네요. 돼지 한 마리가 먹이통 물에 빠져 허우적거립니다. 귀를

당신 덕분에 여기까지 왔습니다

잡아 끌어냈습니다. 입촌식을 호되게 치렀습니다.

돼지 세 자매의 주식은 쌀겨와 싸라기에 풀과 채소를 섞어 EM
으로 발효시킨 사료입니다. 유기농 거름을 생산하기 위해서입니
다. 갑자기 환경이 바뀐 돼지에게 먹이까지 바뀌면 스트레스를 받
습니다. 사료를 두 바가지 줍니다. 진안고원이라 일교차가 커서
볏짚을 씁니다. 등줄기로 땀방울이 쏟아집니다. 북쪽을 포장으로
막아 주고 보온등까지 달아 주었습니다.

블루베리와 블랙초코베리에 생선액비를 영양제로 줍니다. 일을
마치자마자 발걸음이 돼지막으로 갑니다. 저온창고에서 상추와
무를 챙깁니다. 주인을 알아보듯 돼지들이 바짓가랑이를 물며 달
려듭니다. 호미로 등까지 긁어 줍니다. 돼지 세 자매의 입주식은
이렇게 막을 내렸습니다.

무럭무럭 돼지가 자라듯 우리 행복도 자라납니다. 돼지 세 자매
로 행복한 하루였습니다. 전주에 다녀온 자매님이 돼지막으로 갑
니다.

"암놈 세 마리 보러 가요."

"암놈이 아니라 암년입니다."

"그러네요, 하~하~하~."

영구 없다! 영구 없다!

토요일, 성당 할머니들이 야유회 가는 날인데 심란하게 아침부터 이슬비가 오락가락합니다. 비가 그치지 않으면 할머니들은 성당에서 부침개나 부쳐 먹으며 도란도란 이야기도 나누고 노래도 부르면 된다며 모처럼의 나들이에 그깟 비가 대수냐고 하시네요.

여름이 가기 전에 할머니들께 시원한 냉면 한 그릇 대접하고 싶었는데 마침 잘 됐다 싶어 말씀드리니 의논해 보시겠답니다. 점심을 냉면으로 결정하고 보니 때마침 태풍의 영향으로 선선해진 날씨가 마음에 걸렸습니다. 혹시 차가운 냉면을 드시고 탈이 날까 염려되어 결국 냉면 대신 오색수제비로 점심 메뉴를 바꾸었습니다.

양은 찜솥에 양파와 멸치를 넣고 물을 부었습니다. 국물 우려내는 데는 다시마가 좋으련만 다시마가 떨어져 미역을 가위로 잘랐습니다. 김치냉장고에 보관해 둔 묵은 사과를 하나 꺼내 썰어서 함께 넣었습니다.

육수 준비를 끝내고 출발시간인 10시에 맞춰 성당으로 나가니 할머니들은 9시부터 기다렸는데 출발이 왜 이리 늦느냐고 야단들입니다. 소풍으로 마음이 설레신가 봅니다. 모처럼의 나들이인데 비를 쫄딱 맞더라도 밖으로 나가자고 하시네요. 아마도 그것은 여름날 땀 흘리며 불 앞에서 오색수제비를 만드는 번거로움을 덜어주고 싶은 할머니들의 배려의 마음일 것입니다.

열한 분은 봉고차에, 세 분은 제 차에 모셨습니다. 전주공단 팔복동에서 40분 거리에 있는 진안 밤티재 입구 화심 순두부집에서 내렸습니다. 오전 11시, 이른 점심을 먹기로 했습니다.

겉절이에 생두부와 순두부찌개를 먹고 소양면 소재지의 다리 아래로 내려갔습니다. 선선한 날씨 탓인지 다리 아래에는 아무도 없고 오롯이 우리만의 자리였습니다.

먼저 팔을 걷어붙이고 부침개 몇 장을 부쳤습니다. 프라이팬이 하나뿐이어서 할머니께 자리를 양보했지요. 접시에 담긴 부침개를 한 입 크기로 잘라 한 입씩 넣어 드렸습니다. 그냥 입에 넣어 드리면 너무 싱겁겠지? 슬슬 장난기가 발동했습니다.

"할머니, 아~ 입을 크게 벌려 보세요."

"아!"

"입 찢어지겠네."

"내가 먼저!(내 입으로)"

"난 안 먹어요."

"삐지셨네. 이번에 진짜 드릴게요."

"줄까!(들이밀었다가) 말까!(뺐다가) 줄까! 말까!"

"아나 먹어라!"

부침개를 집은 젓가락을 들이밀었다 뺐다 하는 장난을 하자, 그 광경을 본 다른 할머니들은 활짝 핀 나팔꽃 같은 웃음을 터뜨렸습니다.

한 분 한 분 열세 분 모두에게 돌아가며 부침개를 줄까 말까 하는 장난을 걸었습니다. 심한 경우는 두세 번 들이밀었다 뺐다 하다가 제 입으로 가져왔습니다. 그럴 때마다 웃음소리가 폭포수마냥 쏟아졌습니다. 눈치를 채신 할머니들은 부침개를 낚아채서는 당신 입으로 넣으셨지요. 이 모습 또한 코미디였습니다.

배가 부르니 여흥 생각이 간절했습니다. 준비해 간 소주 두 병과 막걸리 한 병이 한 순배 돌자 할머니 한 분이 노래를 부르기 시작했습니다. 돌아가며 한 곡씩을 뽑는데 그 옛날 숨은 솜씨들이 거침없이 쏟아졌습니다.

쇠젓가락으로 빈 사이다병을 두드리는 할머니, 냄비 뚜껑을 두드리며 박자를 맞추는 할머니, 서울 어느 구청 노인 노래자랑에서

30만 원 상금을 탔을 때 부른 노래라며 '독도는 우리 땅'을 목청 껏 부르는 할머니, 각설이 타령을 멋들어지게 부르는 할머니, 전 국의 모든 엿 이름을 부르며 엿장수 흉내를 내는 할머니….

할머니들을 즐겁게 해 드리기 위한 어떤 계획이나 프로그램은 필요없습니다. 장소만 마련해 드리면 스스럼없이 어울려 흥겨워 하십니다. 노래방에 가야만 노래할 줄 하는 젊은이들과는 달리 할 머니들은 당신들의 삶에 녹아 있는 여흥이 따로 있는 것입니다.

노래가 끝나자마자 할머니 한 분이 코가 빠진 스타킹에 손가락 을 넣어 구멍을 냈습니다. 어디서든 유난스레 장난을 좋아하는 사 람이 있지요. 질 수 없다는 듯 다른 할머니도 스타킹에 구멍을 냈 습니다. 더 이상 신을 수 없는 스타킹을 내팽개치자, 섬광처럼 스 치는 장난이 생각나 구멍난 스타킹을 할머니 머리에 씌웠습니다. 그 모습에 다들 배꼽을 잡고 웃었습니다. 박장대소하는 웃음소리 가 다리 아래에서 큰 동심원을 그리며 울려 퍼졌습니다.

"하! 하! 하!"
"형님, 영구 같아요."
"두상이 작으니까 딱이네 딱!"
"하! 하! 하!"
"영구 없다! 영구 없다!"

스타킹을 쓰고 있는 할머니나 그 모습을 보는 할머니들이나 자지러집니다. 지상의 천국이 따로 있을까요. 작은 시냇가는 행복한 웃음바다가 되었습니다.

시냇가 다리 아래에서 할머니들의 노래와 춤, 장난과 웃음이 눈이 부시게 아름답습니다. 작은 시냇가에서 세상 부러울 것 없이 웃고 계시는 할머니들의 모습에서 웃음잔치를 보았습니다.

천국에도
자장면이
있을까요

당신 사랑

-마리아 막달레나 고백

앞산에 달이 뜨고
내 그리움 문득 피어나면
그땐 어떡하나요 이 사랑

당신이 떠나고
미치도록 보고픈
그리움 밀물처럼 몰려오면
두 볼로 흐르는 추억을
영원한 그 사랑

나 당신을 잊을 수 없네
당신이 보여 준 그 희망
이 세상 어디에도 없는 사랑
당신이 이 세상 살다간 그 이유
당신을 기억하는 사람들 모두
사랑이라 고백하네

이 세상 어디 가도
당신 그림자 살아 있어
더욱 간절해지는 이 사랑

당신이 보여 준
영원한 행복을 노래하리
영혼 가득한 사랑되리
이 삶을 다하고 다시 만날 날
당신 품에 안기리

나 당신을 잊을 수 없네
당신이 보여 준 그 희망
이 세상 어디에도 없는 사랑
당신이 이 세상 살다간 그 이유
당신을 기억하는 사람들 모두
고백하네

하늘이 내려준
이 세상 어디에도 없는 사랑
영원한 그 사랑

실패를 통해 더 가까워진 하느님

대나무의 마디가 없으면 대나무를 이용한 가공이 더 용이하고 편리할 것입니다. 그러나 대나무의 굵은 마디가 없으면 하늘을 향해 꼿꼿이 서서 사철 푸른 향기를 피울 수 없습니다. 우리 인생도 실패처럼 보이는 굵은 마디의 시련과 좌절들이 있기에 아름다운 향기를 피우는 게 아닐까요.

첫 번째 실패는 초등학교 4학년 때입니다. 총기를 앗아간 경풍이 죽음의 사선을 넘나들게 했습니다. 몇 달 뒤에 홍두깨처럼 찾아온 두 번째 실패는 쉰한 살의 나이로 하늘나라를 재촉하신 아버지와의 이별입니다. 그 이별은 저에게 큰 시련을 안겨 주었지요. 아버지의 부재로 둘째형님이 동생들을 가르쳤는데, 학비 부담을 덜기 위해 저는 일반 중학교 대신 성광고등공민학교에 진학해야 했습니다. 저로서는 세 번째 실패인 셈입니다.

네 번째 실패는 고입 검정고시 낙방이었고, 검정고시 합격 후에 원서 접수가 늦어져 전주상고 대신 남원에 있는 성원고등학교에 입학한 것이 다섯 번째, 수능시험을 한 달여 앞두고 어머니가 돌아가신 게 여섯 번째 실패입니다.

일곱 번째는 서울시립대학교 진학 실패, 여덟 번째는 현역에 입대하지 못하고 방위 근무를 한 게 그것이었는데, 돌이켜보면 이렇듯 인간적인 실패가 저에게 천주교 세례를 받게 해 주었습니다. 만에 하나 이 중에서 하나라도 성공을 했다면 저는 은행원이나 회사원이 되었을 것입니다.

실패는 계속되었습니다. 저는 가족 대부분이 신자가 아니라는 신앙적 배경과, 방위를 받았다는 이유로 신학교에서 일 년 강제 휴학을 당했습니다. 그 무렵 신학교는 방위를 받는 신학생이 현역을 다녀온 동기보다 일 년 먼저 신부가 되는 것을 막고 동기들과 함께 서품을 받도록 일 년 휴학이라는 의무규정이 있었습니다.

그보다 먼저 성소국장 신부님의 눈에 비친 저는 신학생이 아니라 운동권 학생이었습니다. 동료 신학생들마저 좌파라 부를 정도로 저는 정의와 평화에 관심이 많았습니다. 그 열정을 신앙적으로 바로잡아 주지 않은 채 오히려 한 청년의 열정을 죽인 것입니다.

당신 덕분에 여기까지 왔습니다

저로서는 일 년의 강제 휴학이 신학교 생활 중에서 가장 큰 시련이자 상처로 남아 있습니다. 그 또한 실패였던 것이지요. 사제가 된 후에도 인간적인 실패는 제 십자가처럼 따라다녔습니다.

수류본당 사목을 마치고 캐나다로 교포사목을 떠났을 때의 일입니다. 1960년대에 이민을 간 사람은 60년대의 사고로, 70년대에 떠나온 사람은 그 시대의 정지된 사고로 동포사회의 교회와 사제를 바라봅니다. 이건 한국 이민자들만 그러는 게 아니었습니다. 이태리 이민자도 유태인도 조국을 떠날 당시의 사고로 동포들을 대합니다. 그래서 상식이 통하지 않는 일들이 종종 일어나곤 합니다. 교포사목에 영광의 상처가 많은 건 그 때문인지도 모릅니다. 하지만 이 상처들은 하느님의 위로를 받을 수 있는 인간적인 실패였고 은총이었습니다.

교포사목을 마치고 돌아와 부임하게 된 팔복성당도 인간적으로 보면 실패였습니다. 교포사목을 마치고 돌아오면 안정된 본당으로 발령이 나는 게 관례였습니다. 하지만 저는 성당마저 마련되지 않은, 모 본당 신부님까지 나서서 반대한 폐쇄된 노동자의 집을 수리해 성당을 신설해야 했습니다. 호랑이가 새끼를 쳐서 나가도 모를 우거진 잡초와 동네 쓰레기장으로 변한 노동자의 집은 폐가

와 다르지 않았습니다.

저의 실패 대부분은 이처럼 하느님께서 선물을 주시기 위한 하나의 과정이었습니다. 그동안 예상치 못한 가운데 여러번 인간적인 실패를 했지만, 그 실패마저도 하느님의 선물이었음을 고백합니다. 이러한 인간적인 실패들이 사제의 길을 걷게 했고 가난한 이들 속에서 행복한 사제의 길을 찾게 해 주었습니다.

사람이 살아가는 데는 실패도 필요합니다. 사람이 하는 일에 어찌 실패가 따르지 않겠습니까. 그렇지만 실패를 했다고 해서 부끄러워하거나 좌절할 필요는 없습니다. 같은 실패를 되풀이하지 않도록 노력하는 것이 더 중요합니다.

먼저 실패의 원인을 물어야 합니다. 그런 다음 그걸 냉정히 파악하여 같은 실패를 반복하지 않도록 해야 합니다. 실패는 패배가 아니라 더 많은 것을 배울 수 있는 기회이기 때문입니다.

그렇습니다. 일에서 실패는 있어도 삶에서 실패는 없습니다. 인간의 눈으로 보면 그 일이 실패지만 하느님의 눈으로 보면 성공을 넘어선 영광이니까요.

부성애 결핍증 말기환자의 고백

교포사목은 무인도의 삶처럼 고독할 때가 있습니다. 단독주택에서 혼자 밥을 끓여 먹으며 벽을 보고 미사를 드립니다. 토요일 특전미사와 주일미사 때 두 시간 정도 신자들을 볼 수 있습니다.

그런데 기도를 한다고 해서 고독이 사라지는 게 아니라는 것을 교포사목을 와서야 알게 되었습니다. 일상의 상식으로 이해가 되지 않는 일이 터질 때면 더욱 고독했습니다. 설상가상으로 인간적인 일까지 겹치면 고독은 심연처럼 깊어 갔습니다. 그 심연의 고독 속에서 더 깊이 만나게 되는 하느님. 그러나 사제도 피가 흐르는 인간이기에 고독 속에서 더 간절해지는 것이 있었습니다. 그리움은 종종 맑은 하늘 장대비처럼 쏟아지곤 했죠.

영하 40도의 혹한이 며칠째 계속되고 폭설까지 내려 집안에 갇혀 지내는 겨울이었습니다. 혹한은 종종 우울증을 동반하고 찾아

왔습니다. 그런 혹한과 폭설의 우울한 날에 설상가상으로 여러 일들이 불청객처럼 들이닥쳤습니다. 늦은 밤까지 하느님께 매달리지 않을 수 없었습니다. 답을 주시라고 십자가를 내려주시라고 생떼를 써보지만 뜨거운 이슬만 하염없이 흘러내렸습니다.

하소연이라도 할 수 있는 그리운 사람들은 바다 건너에 있었습니다. 그렇게 베개를 적시며 잠이 들었는데 꿈속에서 아버지를 만났습니다. 부활하신 예수님을 만난 마리아 막달레나의 기쁨이 그런 것일까요. 천국에서 휴가를 오셨다는 아버지와 시장터 국밥집에서 순댓국에 막걸리를 주고받으며 행복한 시간을 보냈습니다. 다시 천국으로 돌아가셔야 하는 아버지 품에 안겨 울다가 그 울음소리에 놀라 잠을 깼습니다.

새벽 3시, 아버지를 향한 그리움이 밀물처럼 몰려옵니다. 말기 암환자의 진통 같은 부성애 결핍증세가 이 새벽에 그만 도진 것입니다.

아버지를 너무도 무서워했던 유년 시절. 그 안타까움이 다시는 생전에 뵐 수 없다는 걸 안 후에야 깊은 한으로 사무쳐 왔습니다. 그때 왜 그리도 무서워했던가를 생각하면 지금 당장 아버지 곁으로 달려가고 싶습니다.

중학교 2학년인 형은 방과 후 엿장수 아저씨들이 수거해 온 고물들을 정리했습니다. 그런 아들이 피곤을 이기지 못해 잠들어 있으면 아버지는 머리를 쓰다듬으며 혼자 되뇌곤 했습니다.

"종준아, 늦은 밤까지 고물 정리하느라 애썼지. 근데 종준아, 종수는 가르쳐야 한다. 종수 이놈은 가르쳐야 해."

지금도 떠오르는 장면이 하나 있습니다. 막걸리를 한잔 하신 아버지께서 센베이 과자 봉지를 손에 든 채 "종수야!" 하고 부르고 있습니다.

초등학교 4학년 때였습니다.

저는 경풍으로 죽음의 사선을 헤매게 되었습니다. 중학교 2학년이었던 형은 악몽 같은 그날 밤을 이렇게 토해 냈습니다.

"아야, 그날 밤 어쩐 줄 아냐. 금방이라도 숨을 멈춰 버릴 것처럼 코를 드렁드렁 골더라. 이의원에서 가망이 없다고 해 아버지가 원이라도 없게 사정해서 전주병원에 입원했었잖아. 어머니는 사경을 헤매는 너를 위해 12시쯤 교회에 가셨어. 그 시절에는 면 소재지에 성당이 없었잖아. 그때 나도 중2였으니까 어렸고. 죽은 사람처럼 움직이지 않고 드렁드렁 코만 골았어. 뭐라고 할까, 죽은 시체가 코만 골고 있는 모습이었어. 얼마나 무서운지 병실 모서리에 쪼그리고 앉아 '죽으면 어떡하지' 하고 공포에 떨었지. 그렇게 앉아 깜빡 졸다가 새벽 4시 종소리에 눈을 떴어. 그 순간 시체처럼

누워 있던 네가 오뚝이처럼 일어나 창문 쪽으로 기어가더니 창틀을 잡고 죽을 힘을 다해 창문을 열더라. 그리고 교회 쪽으로 머리를 돌리고 교회 가자고 울더라구. 조금 전까지 시체처럼 누워 있던 네가. 그 모습을 보고 이번엔 내가 시체처럼 굳어 버렸어. 눈만 똥그랗게 뜨고 보고만 있었지."

그 순간 병실 문을 들어서시던 어머니가 하늘이 무너질 듯 탄식을 내뱉으셨습니다.

"어쩌자고 너마저… 이제 생떼 같은 자식이 미쳤구나!"

절망의 늪에 빠진 어머니는 아침밥을 지으려 웅성거리는 다른 환자 보호자에게 어떻게 하면 좋을지 물어봤습니다.

"아줌마도 참! 죽은 사람 소원도 들어준다는데 왜 산 사람 소원을 못 들어줘요."

그제야 어머니는 저를 업고 헐레벌떡 집으로 달려갔습니다. 대문을 두드리자 아버지는 아들이 죽어서 온 줄 알았습니다. 다급해진 아버지는 다 죽게 된 자식의 마지막 소원일지도 모른다는 생각에 새벽 예배가 끝나기 전까지 교회에 도착해야 한다는 일념으로 심장이 멎을 듯 내달렸습니다. 목사님과 신도들이 저를 붙들고 안수기도를 할 때 아버지는 자식을 살려 달라고 간청하며 한없이 눈물을 흘리셨습니다.

신도들과 함께 목사님의 안수기도가 끝났을 때였습니다. 눈을 떠 보니 제가 아버지 등에 업혀 맨 뒷좌석에 앉아 있는 것이었습니다. 그 순간 기도하시는 아버지의 따스한 등이 느껴졌습니다. 밤새 사경을 헤맨 뒤 느끼는 첫 체온의 기억입니다. 하지만 그 기억은 처음이자 마지막처럼 남아 있습니다.

죽을 고비를 넘긴 뒤 몸이 쇠약해질 대로 쇠약해진 저는 동네 친구들이 살짝만 밀어도 넘어지기 일쑤였습니다. 그때마다 아버지는 저의 손에 예닐곱 알의 원기소를 얹어 주셨습니다. 오늘 새벽에도 입 안 가득 고소한 향기를 풍겼던 아버지의 사랑에 가슴이 뜨겁게 달아올랐습니다.

아버지는 그해, 제 몸이 채 회복되기도 전에 뇌출혈로 쓰러지고 말았습니다. 돌아가시기 전 마지막 저녁 식사로 드신 건 돼지고깃국이었습니다. 마치 당신의 마지막 식사가 되리라는 걸 아셨다는 듯 아버지는 경풍으로 죽을 고비를 넘긴 제 국그릇에 살점만 골라 주셨습니다. 당신은 노자 음식으로 비계만 드셨던 것입니다. 아버지의 마지막 사랑을 저에게 주시고 돌아가신 것입니다.

최후의 만찬인 성체성사를 생각하면 돌아가신 아버지가 국그릇에 살점만 골라 얹어 주신 그 사랑이 떠오릅니다. 아버지가 골라 주신 그 돼지고기 살점이 가난한 육신을 부유하게 했듯이 예수님의 몸과 피는 가난한 영혼을 살찌우는 성체성사인 것입니다. 아버지의 돼지고깃국 사랑을 통해 성체성사의 깊은 사랑을 깨닫게 해 주셨습니다. 하느님께서 저에게만 주신 맞춤형 축복이었습니다.

부끄러운 고백이지만, 아버지가 계시는 친구네 집을 가는 날이면 참 부러웠습니다.

"아빠, 학교에 다녀왔습니다!"

"그래, 잘 다녀왔냐. 어이구! 친구랑 함께 왔구나."

친구 아버지는 저를 반갑게 맞아 주셨습니다. 여름철이면 자두와 살구를 따서 씻어 주기도 하고, 자전거를 타고 밭에 가서 참외와 수박을 따 오기도 했습니다.

저는 친구가 아빠와 나누는 이야기를 듣는 것이 마냥 좋았습니다. 아버지가 살아 계신다는 그 하나만으로도 부러웠습니다. 그때 집으로 돌아오는 길은 무척 허전하고 쓸쓸했습니다.

그때나 지금이나 저는 아버지가 그립습니다.

진단컨대, 부성애 결핍증 말기환자 같습니다.

'이제 이 가슴을 도려내자. 채워지지 않을 사랑으로 목말라하며 구걸하느니 차라리 포기하면 더 자유로울 수 있지 않을까?'

이렇듯 기도하며 수없이 결심해 보지만, 돌아서면 또 그리움이 번져 옵니다. 아버지를 향한 인간적인 사랑에서 벗어나 하느님 당신만을 아버지로 사랑하게 해 달라고 애원하며 기도하지만, 이 또한 얼마 가지 않아 육신의 아버지가 보고 싶고 그립습니다.

이런 제 자신이 싫어질 때가 있습니다. 그 방편으로 저는 돌아가신 아버지에 대한 사랑을 아버님과 같은 분들에게서 느끼려 했습니다. 하지만 그 처방은 오래가지 못했습니다. 그 어떤 아버지의 사랑도 부성애 결핍증 말기환자인 저를 채울 수 없다는 걸 알아 버렸기 때문입니다.

'돌아서서 그리워 말자. 차라리 외로움이 고통스러울지라도 그 외로움으로 위안하며 살자. 아버지의 사랑을 모르는 내가 어떻게 다른 아버지에게서 그런 사랑을 채울 수 있단 말인가? 그만 포기하자. 이제 하느님 아버지께로 돌아가자.'

오늘 새벽에도 이렇듯 간절히 기도했지만 확신할 수 없습니다.

이 기도가 얼마나 갈지는.

돌아가신 부모님을 생각할 때 자신이 효자효녀였다고 생각하는 사람은 아무도 없을 것입니다. 사제도 인간인지라 불효의 눈물을 흘릴 때가 있습니다.

마지막 순간까지 사랑을 보여 주고 돌아가신 우리 아버지, 아버지의 그 사랑은 하느님의 사랑이었습니다.

소중한 사람이 곁에 있을 땐 잘 알지 못합니다. 그 사람이 멀리 떠난 후에야 우리는 빈자리의 소중함을 느낍니다. 저에게는 아버지가 바로 그런 분입니다. 제 모든 사랑의 그루터기였습니다.

자식 앞에서는 잠시도 약한 모습을 보이고 싶지 않아 눈물을 삼키는 존재.

늘 말없이 사랑하고 말없이 걱정하는 존재.

좋은 일에는 헛기침으로 황당한 일에는 너털웃음을 짓고 마는 고독한 존재.

저에게 아버지는 그런 존재였습니다. 어려움에 처했을 때 가장 먼저 생각나는 사람이었습니다.

무심한 것처럼 보이지만 사실은 그렇지 않습니다. 세상의 아버지들은 그 마음을 쉬 드러내지 못하고 있을 뿐입니다. 보이지 않는 눈물을 흘리며.

어머니의 선물

'어머니' 라는 단어만 들어도 가슴이 뭉클한데, 저희 어머니는 막둥이가 다섯 살 적에 8남매 가장이 되셨습니다. 너무 일찍 아버지와 사별한 어머니는 8남매를 키우기 위해 갖은 고생을 다하셨습니다.

남편 없는 설움은 물론이고, 아비 없는 자식들의 슬픔까지 다 겪어 내셨습니다. 그 고통과 한이 얼마나 컸을지, 이제야 조금 알 것 같습니다. 아버지와의 애틋한 추억이 되살아날 때면 자식들 몰래 얼마나 많은 눈물을 흘리셨을까요.

밭에서 김을 매고 돌아오시면 부뚜막에 쪼그려 앉아 찬밥 한 덩어리 물에 말아 후루룩 드시던 어머니여서, 그렇듯 점심을 바람처럼 때워야 하는 줄 알았습니다.

한 주먹이 될까 말까 한 쌀밥은 아버지 놋그릇에, 보리가 섞인

밥은 자식들 밥그릇에, 꽁보리 누룽지는 양푼에 푸시던 어머니여서 그렇듯 양보해야 하는 줄 알았습니다. 고무장갑도 없이 시냇가 얼음을 깨고 빨래를 해 와 빨랫줄에 널면, 처마 밑 고드름처럼 열 손가락이 굳어 가던 어머니는 평생 희생만 해야 하는 줄 알았습니다. 모시적삼 수의는 고사하고 반듯한 양장에 고운 한복 한 벌, 성한 양말 한 켤레 없으셨던 어머니는 그렇듯 남루해야 하는 줄 알았습니다.

새벽 3시에 일어난 어머니는 반 시간을 걸어 4시 예배를 보시고 자식들 밥과 도시락을 챙겨 학교에 보낸 뒤 모내기와 김매기 등 날품팔이를 했습니다. 샛거리로 나온 보름달 카스테라 빵은 고쟁이에 넣어 두고 당신은 물로 배를 채우셨습니다. 그런 날은 대문을 들어서기 바쁘게 고쟁이 속에서 보름달이 떠올랐지요. 저녁 설거지를 마치고 방에 들어오시면 나일론 양말에 전구를 넣고 꿰맸습니다. 긴긴 겨울밤이면 똑똑 내복의 이를 잡고, 참빗으로 머릿속의 서캐도 잡아 주셨지요.

하지만 어머니는 아무리 피곤해도 잠자리에 들기 전 성서 읽는 것을 잊지 않으셨습니다. 꾸벅꾸벅 졸다 5일장에서 사온, 도수도 맞지 않는 돋보기를 떨어뜨려 귀퉁이가 깨진 적도 있습니다. 어머니는 그렇게 깨진 돋보기를 쓰고서 더듬더듬 자장가처럼 성서를 읽어 주셨습니다.

어머니는 말로만 입으로만 기도하지 않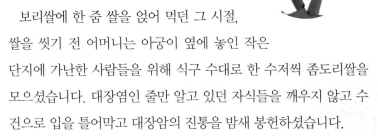
으셨습니다. 머리를 싸맨 채 끙끙 앓다
가도 새벽이면 어김없이 일어나 새벽
예배를 가셨습니다. 신자 집에 초상이
나면 장례가 끝날 때까지 부엌에서 허
드렛일을 하셨습니다.

보리쌀에 한 줌 쌀을 얹어 먹던 그 시절,
쌀을 씻기 전 어머니는 아궁이 옆에 놓인 작은
단지에 가난한 사람들을 위해 식구 수대로 한 수저씩 좀도리쌀을
모으셨습니다. 대장염인 줄만 알고 있던 자식들을 깨우지 않고 수
건으로 입을 틀어막고 대장암의 진통을 밤새 봉헌하셨습니다.

사제서품 후 첫 성무활동비(봉급)를 받은 날이었습니다. 단 한
분이신 외삼촌께 전화를 드렸습니다. 어머니를 대신해 외삼촌께
곰탕 한 그릇을 사드리는데 차마 숟가락을 들 수 없었습니다. 쏟
아지는 눈물을 감추려고 화장실로 달려갔습니다.

어머니는 저희에게 가장 큰 선물인 신앙의 유산을 남겨 주셨습
니다. 제가 사제로 살아갈 수 있는 힘은 남들이 볼 때 가난하고 보
잘것없는 어머니의 새벽예배와 꾸벅꾸벅 졸면서 더듬더듬 읽어
주셨던 그 성서말씀, 좀도리쌀을 모으신 가난한 과부의 사랑, 진
통제 한 알 없이 암의 진통마저 봉헌한 눈물겹도록 아름다운 기도

의 삶 때문입니다. 오직 신앙 하나만으로 자식을 위해 희생한 어머니의 삶과 기도가 성소의 씨앗이 되었습니다.

저희 어머니의 신앙생활을 지켜보면서, 자식들의 영혼은 부모님의 신앙생활에 달려 있음을 뒤늦게 깨달았습니다. 그러나 부모님은 참으로 열심이신데 자식들의 신앙생활은 대충대충입니다. 안타까운 일이 아닐 수 없습니다.

무엇보다도 삶의 모범이 중요한 때입니다. 부모님이 삶을 통해 누리는 신앙의 행복이 자식들에게까지 영원할 수 있도록 신앙의 모범을 보여 주어야겠습니다.

신부님, 천국에도 자장면이 있을까요

홀로 벽을 향해 미사를 드리는 은퇴 사제는 외롭습니다. 늙고 병든 몸을 스스로 추슬러야 하는 노사제의 쓸쓸함이 가슴을 저미게 합니다. 마치 자식이 출가하여 떠나고 아내마저 떠나보낸 외딴 초가의 호롱불 그림자 같습니다.

그분이 한날 전화를 하셨습니다. 맹장수술한 제 얼굴을 한 번도 보지 못해 아버지로서 미안하다고 했습니다. 그 말씀을 듣고 서둘러 자매님과 함께 병실을 나섰습니다.

그런데 일이 생기고 말았습니다. 친딸처럼 신부님을 모셔 온 자매님이 갑자기 허리 통증을 호소했습니다. 맹장수술 직후라 당분간 운전을 하지 말라고 했지만 자매님 대신 운전대를 잡았습니다. 저를 너무 보고 싶어 하시는 신부님의 간절함을 차마 외면할 수 없어 외출을 강행한 날이었습니다.

정오 무렵, 신부님을 모시고 양로원 정문 앞으로 나왔습니다.

"나 방에 좀 다시 갔다 와야 하는데. 지갑을⋯."

"아버님, 걱정 마십시오. 제가 실수로 지갑을 가져왔습니다."

"허허! 그래. 내가 또 깜빡했구먼."

캐나다의 추운 날씨 탓에 아스팔트가 얼어붙어 미끄러웠습니다. 신부님을 잠깐 서 계시게 한 뒤 차를 후진해 옆자리에 모셨습니다. 예약한 식당까지는 30분 이상의 거리. 왕복은 무리라는 생각에 양해를 구한 뒤 인근 식당으로 차를 몰았습니다.

주차장에서 식당으로 통하는 길도 빙판이었습니다. 풍채 좋은 신부님을 부축하려니 무척 힘들었습니다. 가까스로 신부님을 부축해 식당 안으로 들어갔습니다.

쟁반자장을 주문했습니다. 소주를 좋아하지만 양로원에 계시는 신부님에게 한 병은 무리였습니다. 생각 끝에 자매님에게 귀띔하듯 전했습니다.

"제가 맹장수술을 해서 술을 할 수 없습니다. 혹 마시다 남은 소주가 있는지요?"

순간 자매님의 마음이 바빠졌습니다. 내 마음보다 더 아버지 신부님을 대접하려는 진심이 고스란히 전해졌습니다.

자장을 가위로 잘라 비빈 다음 신부님 그릇에 담아 드렸습니다. 턱에 휴지를 받쳐 드렸지만 소용없었습니다. 음식물이 자꾸만 흘러내립니다. 저도 공깃밥에 참기름을 떨어뜨려 남은 자장에 비볐습니다. 어릴 적 국물 한 방울 남기지 않고 밥을 비벼 먹던 바로 그 자장면 맛이었습니다.

마흔 해 넘게 이민 동포들을 위해 일생을 바치신 노사제는 아낌없이 주고 그루터기만 남은 나무처럼 병든 육신만 남았습니다. 당뇨 합병증으로 눈에 귀까지 멀어 걸음마저 화석처럼 굳어 가는 고종옥 마태오 신부님! 그는 이민자의 아버지, 해외동포 사목의 선구자, 남북분단 이후 평양 장충성당과 백두산에서 최초로 미사를 봉헌한 사제였습니다. 이북을 방문했다는 이유만으로 신자들에게 빨갱이 신부라는 비난을 받았지만, 오히려 그는 더 의연하게 사비를 털어 프랑스에서 민족통일을 위해 북한 사목을 준비했습니다.

이국에서 정을 나눈 그 아버지 신부님과 함께 자장면을 먹었습니다. 30년 전 시장통에서 아버지와 함께 먹은 그때의 꿀맛이 되살아났습니다. 군침을 삼키게 했던 자장면 냄새처럼 아버지의 냄새가 나는 것도 같습니다. 쟁반에 수북이 쌓인 자장면과 자장밥은 사라졌지만, 아버지 신부와 아들 신부의 가슴에는 휘영청 쟁반 보름달이 떠올랐습니다.

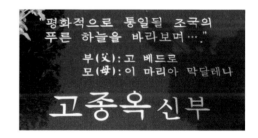

아버지 사랑, 김봉희 신부님

치명자산 산지기 김봉희 신부님은 제가 괴로울 때 위로를, 절망할 때 희망을, 길이 보이지 않을 때는 그 길을 열어 주셨습니다. 무엇보다도 함께 삽을 들고 비지땀을 흘리셨습니다. 블루베리 희망의 나무도 함께 심으셨습니다. 제 영혼에 심어 주신 희망의 나무는 무럭무럭 자라고 있습니다.

묵정밭에서 돌을 골랐습니다. 봄바람이 살랑살랑 땀방울을 식혀 주고, 소쩍새 우는 연초록 잎들 속에서 산벗꽃이 활짝 피었습니다. 감나무 그늘에서 식구들과 새참을 먹던 중 앞산을 보았습니다.

"와~ 경치 죽인다. 무릉도원이 따로 없네. 여기가 천국이군."

황홀경에 빠져 있는데 갑자기 신부님 얼굴이 떠오르더니, 예수님을 미치도록 그리워한 여인, 새벽녘에 무덤으로 달려간 마리아 막달레나의 마음이 제 마음속으로 들어왔습니다. 두 눈에 뜨거운 이슬이 고이기 시작했습니다. 개울을 건너 집으로 돌아오는데 고장 난 수도꼭지처럼 눈물이 흘러내렸습니다.

'아, 목놓아 울었던 마리아 막달레나의 눈물이 이런 것일까! 십자가 죽음 뒤 무덤에 묻고서야 알았던 예수님의 사랑. 김봉희 신부님을 가슴에 묻고서야 깨달은 아버지의 사랑이 이렇게 눈물을 쏟아내게 하는 것일까?'

신부님은 위암수술을 받은 후 갑자기 천국으로 가셨습니다. 그 신부님이 저에게 주신 사랑을 돌아보니 바로 아버지의 사랑이었습니다. 아니, 하느님의 사랑이었습니다. 하느님의 사랑이 무조건이듯 신부님의 사랑도 그러했습니다.

진안에서 산 지도 벌써 여섯 해째입니다. 신부님은 시골로 분가해 고생하는 아들을 챙기듯이 그리움으로 찾아오셨습니다.

"최 신부, 나야. 수고가 많지. 오늘 점심 맛있는 것 먹자."

"수저 하나 더 놓으면 되니까 저희 공동체로 오시죠."

"아니, 번거롭잖아. 지난번에 만났던 식당 있지, 그곳에서 보자."

신부님은 달포 간격으로 찾아와 점심을 사 주셨습니다. 꿩탕, 추어탕, 보신탕 등 보신이 되는 음식들이었습니다. 그러나 식사비는 제 차지가 되지 못했습니다. 밥값을 몰래 계산하면 주인에게 다시 돌려주도록 했습니다.

습관처럼 신부님은 가난한 성당이나 어려운 처지에 놓인 사제를

찾아가곤 했습니다. 신부님을 아버지처럼 좋아하게 된 것은 팔복
동이라는 가난한 성당에서 맞이한 첫 번째 성탄전야에서였습니다.

"40년 가까운 사제 생활에서 이렇게 아름다운 성탄전야 축제와
미사는 처음이었다."

그날 저는 신부님의 이 한 말씀에 큰 위로와 사랑을 받았습니다.

하지만 저는 위암수술 소식조차 듣지 못했습니다. 농번기가 시
작되어 눈코 뜰 새 없이 바쁜 저를 위해 알리지 않았던 것입니다.
오전 11시쯤 사무장이 울먹이며 전화를 했습니다.

"신부님이 위독하십니다. 패혈증으로 혼수상태에 빠지셨습니
다. 종수 신부님 불러 하룻밤 간호하게 전화하라고 하셨는데…."

"하느님, 신부님은 저에게 용기와 희망입니다. 다시 일어나시도록 은총을 베풀어 주소서."

하지만 그날 오후 하늘로 오르셨습니다. 괭이자루를 놓고 달려가지 못한 게 두고두고 마음에 걸렸습니다. 무엇보다도 따뜻한 식사 한 끼 대접 못한 것이 가슴의 한처럼 남고 말았습니다.

신부님의 부고를 듣고 풀을 작두로 썰어 쌀겨에 발효해 키운 돼지를 잡았습니다. 문상객들에게 콩나물 김치찌개라도 대접해야 그 불효를 갚을 수 있을 것 같아서였습니다. 콩나물과 돼지 한 마리를 중앙성당에 갖다 드렸습니다.

꼭 지키고 싶은 약속 하나가 있었습니다. 신부님과 사제관에서 막걸리를 나눈 뒤 밤새 이야기를 나누는 것이었습니다. 신부님과 한 그 약속을 지키기 위해 돼지고기와 막걸리를 챙겨 치명자산 사제관으로 갔습니다. 신부님께 못해 드린 김치찌개를 끓여 20년 가까이 신부님을 모신 조카 자매 부부와 술잔을 주고받았습니다.

조카 자매 부부의 말이, 신부님은 조실부모한 뒤 지성의원에서 허드렛일을 하며 중학교를 다녔다고 합니다. 신부님이 정리해 둔 앨범을 보았습니다.

"아, 그랬구나. 동병상련의 사랑, 그래서 아들처럼 사랑해 주셨구나."

반바지에 흰 티셔츠를 입은 흑백사진의 앳된 소년이 더 이상 울지 말라며 웃고 있습니다.

신부님은 입술로만 사랑하지 않았습니다. 눈이 내린 새벽이면 사무장이 출근하는 사제관 오르막길 눈을 혼자 쓸었습니다. 장마철에는 사제관으로 들이치는 배수로를 한밤중에 삽으로 파냈습니다. 그것만이 아닙니다. 한밤중 만취한 사람과 인생 상담을 하던 중 멱살을 잡히기도 했습니다.

인생의 절정기인 50대, 치명자산의 밤은 무인도와 크게 다르지 않았습니다. 어쩌면 그 때문이었는지도 모르겠습니다. 산지기 초기에 신부님은 불면증에 시달렸습니다. 인간을 위해 인간 속에서 살아야 하는 사제에게 산지기의 삶은 너무도 고독했던 것입니다. 제주도 사제피정으로 기억합니다. 불면증에 시달리던 신부님은 동기 사제에게 팔베개를 청한 뒤 꿀잠을 잤습니다. 누가 그 불면증의 고뇌를 알 수 있겠습니까.

한 권의 작은 앨범 속에서 만나는 신부님의 그간 행로는 말 그대로 사랑의 길이었습니다. 허리에 수건을 두른 채 요염하게 춤을 추십니다. 잠시나마 신자들이 세상살이를 잊고 웃을 수 있다면 무엇인들 못하겠습니까. 어색한 표정의 신부님 사진을 볼 때는 울컥 눈물꽃이 피어났습니다.

군부독재 시절 가톨릭농민회원들과 시국미사를 하시는 모습은 당당합니다. 은행나무 잎들이 노랗게 떨어진 숲길을 뒷짐 지고 홀로 내려가시는 마지막 사진은 지상의 순례자를 떠올리게 했습니다. 아름다운 소풍을 다 마치고 내려가시는 바로 그 뒷모습입니다.

신부님의 옷장 문을 열었습니다. 긴팔 클러지셔츠, 오래된 점퍼, 남방 등 생전의 검소함이 고스란히 묻어납니다. 침대에는 홑청을 씌운 낡은 이불 한 채가 누워 있습니다. 서랍 속 허리띠와 전기면도기, 카세트와 라디오는 마치 성인의 유물을 보는 것 같았습니다.

신부님의 체온이 저장된 침대에 잠시 누웠습니다. 전주천 건너 화물차들의 질주가 요란합니다. 신부님과의 추억이 한 편의 영화처럼 감겨 왔습니다. 눈을 떠보니 새벽이었습니다.

'내가 이런 소음공해 속에서 꿀잠을 자다니…. 아, 그랬구나. 신부님의 품속에서 잤구나!'

이른 새벽부터 빗방울이 떨어집니다. 우산을 쓰고 치명자산 십자가의 길을 오릅니다. 14처마다 꽃들이 만발했습니다. 통으로 뚝뚝 지는 동백꽃이 신부님의 사랑처럼 처연합니다. 더 오르니 철쭉꽃이 만발했습니다. 핏빛으로 타오르는 철쭉꽃이 신부님의 사랑을 목놓아 노래하고 있었습니다.

점점 좁아지는 십자가의 길에서 한 사제의 인간과 세상을 향한 사랑을 배웁니다. 떠난 뒤에 남은 한 사제의 자취가 선물한 것들입니다.

'사랑은 눈물이다. 곁에 있을 적엔 잘 모르는 게 사랑이다. 그러므로 사랑하라, 살아 있을 때 더 사랑하라.'

치명자산 성당에 무릎을 꿇고 간절히 두 손 모읍니다.

"하느님 아버지, 신부님은 저에게 레이몬드*의 아버지와 같은 분입니다. 농촌의 희망을 가꾸는 일을 포기하려 할 때, 여러 마음고생으로 인해 사제직이 흔들리는 유혹이 찾아왔을 때, 신부님은 위로와 희망을 주셨습니다. 저와 함께 삽을 들고, 이웃과 자연을 사랑하는 길을 열어 주셨습니다. 예수님, 저도 김봉희 신부님처럼 가난한 사람들과 어려운 처지에 놓인 사람들을 사랑할 수 있는 은총을 베풀어 주소서. 회복해서 퇴원하면 첫 번째로 최 신부를 찾아가 황토방에서 막걸리 한잔 나누며 밤새 이야기를 하고 싶다 했던 그 약속을 제가 천국에 가서 지킬 수 있도록 저를 이끌어 주소서. 하느님 아버지의 사랑을 가르쳐 주신 신부님을 다시 만날 수 있도록 제 삶을 인도하소서. 무엇보다 저를 겸손하게 하소서. 아멘!"

* 1992년 바르셀로나 올림픽 영국 국가대표였던 데렉 레이몬드는 영국 기록을 갈아치운 육상 400m의 강력한 우승후보였습니다. 그러나 150m에서 갑자기 다리 심줄이 끊어졌습니다. 고통 속에 주저앉았습니다. 하지만 진행요원의 만류에도 레이몬드는 포기하지 않았습니다. 고통 속에서도 개금질을 하면서….
이때 관중석에 있던 한 남자가 갑자기 트랙 안으로 들어왔습니다. 아들의 고통을 눈으로 볼 수 없었던 그의 아버지였습니다. "아들아, 이제 그만두거라!" "아니요, 끝까지 완주할래요!" "그래, 아들아. 그럼 같이 뛰자꾸나!" 그리고 아들을 부축하여 결승점까지 완주하도록 도왔습니다. 이 광경을 지켜보던 수많은 관중들은 기립박수를 보냈습니다. 아들의 고통을 온몸으로 느낀 아버지의 사랑에 아들은 고통에 맞선 승리자로 보답했던 것입니다.

내 영혼의 고향

새벽일을 마치고 아침을 먹습니다. 황토 포장 진입로에 낯익은 승합차가 들어섭니다. 반사적으로 수저를 놓고 일어섭니다. 연락 없이 고향집을 찾아온 자식을 맞이하는 어머니의 버선발이 이런 것일까요.

제가 교구 사제로 서품받을 수 있는 은총을 주신 분들이 찾아오셨습니다. 반가운 마음을 무슨 말로 표현할 수 있을까요. 대통령이 방문해도 이렇게 반가울 수는 없을 것입니다. 승합차에서 내리시는 아버지, 어머니들을 한 분씩 가슴으로 안았습니다.

일그러진 얼굴보다 사회적 편견이 더 견디기 어려운 사람들, 잘려 나간 손가락, 발가락보다 부모와 가족들에게 버림받은 상처가 더 아픈 사람들, 천형이라는 한센병을 앓았던 사람들, 그래서 예수님에게서만 위로를 받았던 사람들입니다.

신학교 4학년을 마치고 7개월 동안 '상지원'이라는 한센인 교우촌에서 생활했습니다. 양로원에서 함께 식사를 했습니다. 부침개를 부치고 호박죽을 끓여 드렸습니다. 이발을 해 드리고 말벗이 되어 드렸습니다. 혼자 돼지를 키우는 자매의 돼지막 청소도 했습니다. 동네 어르신이 돌아가시면 꽃상여도 맸습니다. 수지침을 놓아 드리고 사혈을 하고 부황도 떠 드렸습니다. 부황 컵에 가득 차오른 핏덩이도 닦았습니다.

아이들과 풍물도 배웠습니다. 혼자 사시는 할머니, 할아버지 집에 가서 밥도 함께 먹었습니다. 피곤한 날은 밥상을 물리고 낮잠도 잤습니다. 정신적으로 육체적으로 가난한 이들 안에서 생생하게 활동하시는 하느님의 사랑을 영혼 깊이 느낄 수 있는 은총의 시간이었습니다. '주께서 나에게 기름을 부으시어 가난한 이들에게 복음을 전하게 하셨다'는 사제서품 모토를 받게 한 은총의 마을이었습니다.

저는 지금 자급자족의 삶을 살기 위해 청국장과 메주를 띄울 황토방을 짓고 있습니다. 농사는 때를 놓치지 않아야 하는데, 김장 배추와 무를 심어야 할 때가 되었습니다. 황토방 공사가 없는 주일 오후에라도 모종 심을 계획을 세울 수밖에 없었습니다. 주일도 쉴 수 없는 농민의 삶을 이제야 이해할 수 있게 되었습니다.

형제자매들은 오자마자 작업복으로 갈아입었습니다. 땅을 마련

당신 덕분에 여기까지 왔습니다

하지 못해 플라스틱 상자에 심어져 포도밭 고랑에서 더부살이를 하고 있는 블루베리를 옮기기 위해 괭이와 삽을 들고 나갑니다. 배추를 심기 위해 밭을 정리합니다. 어제 굴삭기가 밭을 만들어 놓았는데 오늘 봉사하러 온 것입니다. 고추 따랴, 무·배추 심을 준비하랴, 농번기에 일꾼 구하기도 힘든데 어찌 하느님께 감사드리지 않을 수 있겠습니까.

방부제와 항생제가 들어간 사료 대신 풀을 베다 먹인 돼지의 거름과 깻묵, 쌀겨와 유황에 EM효소로 발효시킨 '유기거름'을 외발 리어카로 옮깁니다. 경사진 두둑을 올라갈 땐 다섯 명이 붙어서 리어카를 밉니다. 일도 여럿이 해야 신나고 능률이 오르나 봅니다.

"어찌 나는 회장님 엉덩이만 민디야."

"워매, 제일 기분 좋은 엄마, 혼자만 재미 보지 말고 돌아감시롱 미쇼잉?"

"하~하~하~."

"그렇게요. 혼자 재미 다 보네. 다음엔 가위바위보 하는겨?"

"하~하~하~. 남 잘 되는 꼴을 못 본당께."

포도밭 고랑에 심은 도라지밭 김을 맵니다. 한 어머니가 돌콩을 뽑다가 도라지를 뽑았습니다.

"어머니는 풀 뽑으랑께 도라지 뽑고 있슈?"

"아따 신부님, 뭐라 하지 말고 콩밭 매는 칠갑산이나 불러 보쇼잉."

포도밭에서 울려 퍼지는 구성진 칠갑산 노래.

"홀어머니 두고 시집가던 날~."

"잘 할 때까지 앵콜! 앵콜!"

"마지막 한 마디 그 말은 어머님들을 사랑한다고~ 이렇게 만나서 밭을 매니 정말로 행복합니다~. 신학생 시절에 함께 했던 그 추억을 어찌 잊겠소. 사랑합니다. 사랑합니다. 어머님들을 사랑합니다."

김수희의 '너무합니다' 곡에 즉흥 개사를 해서 불렀습니다.

"오빠! 오빠! 한 곡 더! 한 곡 더!"

"비 내리는 호남선 남행열차에~ 흔들리는 차장 너머로~."

'남행열차' 노래가 나오자 어머니들이 호미를 든 채 춤을 추기 시작합니다. 기차 기적소리보다 큰 남행열차 노랫소리가 앞산을 넘어갑니다. 천국이 하늘에만 있는 게 아니었습니다. 포도밭에서 함께 춤추며 노래하는, 천국의 기쁨이 포도송이처럼 주렁주렁 열렸습니다.

하늘도 지상에서의 천국의 기쁨을 시샘하듯 소나기를 쏟아 부었습니다. 개울가에서 식사하려던 계획을 귀농인의 집으로 바꿨습니다. 아버지 어머니들에게 삼겹살을 깻잎에 싸서 한 입씩 넣어 드렸습니다. 한 어머니가 매운 고추를 넣고 싼 삼겹살을 한 입 넣어 주십니다.

"어매, 고추가 왜 이렇게 맵디야."

"아따 신부님 고춘께 얼마나 맛있는가 한 번 드셔 봐야제."

불판에서 지글지글 삼겹살이 익어 가듯 이야기도 노릿노릿 익어 갑니다.

"아따 이실직고해야 할랑만, 신부님 고추 세 개 땄어요."

"아니 뭐라고요?"

"아따 신부님 고추 땄당게요."

"저 작것이 말을 잘 해야제. 신부님 고추밭에서 고추 땄다고 해야제."

"하~하~하."

"아따! 근디 신부님 고추는 겁나 매우요잉."

"하~하~하."

"아따 작은 고추가 맵제!"

"하~하~하."

"아 근게 신부님은 고추 농사 지믄 안 된당께요."

"하~하~하."

오늘 밤 두 번 울고 말았다

눈물보다 아름다운 기도가 있을까.

오늘 밤 두 번 울고 말았습니다.

저녁미사를 마치고 골목길을 걸어 아파트 사제관으로 향합니다. 배보슈퍼 삼거리에는 생선자판 리어카가 홀로 골목을 지키고 있습니다. 리어카와 나란히 서 있는 담벼락에는 스물한 개의 쪽방이 사람의 온기가 끊어진 채 쓸쓸하게 어깨를 걸고 있습니다.

봉제공장이 하나둘 문을 닫으면서 떠나간 노동자들의 빈 쪽방을 할머니 혼자 지키고 있습니다. 그 마당에는 겹벚꽃이 마지막 꽃잎을 떨어뜨리고 있습니다.

배보슈퍼 안으로 들어서는데, 진실이 엄마가 수화기를 들고서 눈물을 닦고 있습니다.

"저는 엄마에게 농사일 조금만 하라며 울고, 엄마는 너무 일 많이 해서 생긴 하지동맥을 수술할 시간 없이 일하는 딸 때문에 울었어요."

사제에게 들킨 눈물을 감추려고 얼른 말을 바꿉니다.
"신부님, 두릅 드세요?"
"아직도 두릅이 있나요?"
"신부님께 꼭 드리고 싶었는데…. 여기 취나물도 있는데 이것도 가져가세요. 아차, 싹이 난 더덕도 있어요. 넝쿨은 살짝 데쳐서 초장에 찍어 드세요."
"다 주면 무얼 먹으려고요?"
"신부님 한 번도 드리지 못했는데 마침 오셨으니까 가져가세요. 토요일 미사 보고 주일에 진실이 아빠랑 임실 친정에 가요. 어머니가 꼼쳐 놓았다가 챙겨 주신 것들이에요."
"그래요, 돌아가신 어머니 생각이 나네요. 진실이 외할머니 생각하며 맛있게 먹을게요. 어머니 살아 계실 때 주일마다 찾아뵈세요. 효도가 따로 있나요. 살아 계실 때 한 번이라도 더 찾아뵙는 게 효도지요."

딸에게 주려고 이 산 저 산에서 뜯은 취나물, 아직도 눈물이 그렁그렁한 진실이 엄마 손을 꼭 잡아 주고 문을 나섭니다. 비닐봉지 세 개를 들고 중국식당을 하는 총무님 댁으로 갔습니다. 하루 일을 마치고 탕수육에 소주를 들고 있는 신자들, 정겨운 소주잔이 오고갑니다. 잠시 집에 다녀온다는, 일명 '영자씨'로 통하는 다온 외할머니가 오늘 고창 여동생 집에서 가져왔다며 소라를 챙겨 왔습니다. 소주 한 잔 캬! 초장에 소라 한 점, 환상적인 이 맛을 누가 알겠습니까.

안나 자매가 탁자에 놓인 비닐봉지를 보고 뭐냐고 묻습니다.
"배보슈퍼 진실이 엄마가 준 두릅이에요. 좀 전에 진실이 엄마가 시골에서 농사짓는 어머니에게 전화해서 일 조금 하라고 울었대요. 또 진실이 외할머니는 일을 너무 많이 해서 하지동맥이 생긴 진실이 엄마에게 일 조금 하라고 울고…. 진실이 엄마가 그 전화 통화하고서 챙겨 준 나물이에요. 근데 왜 또 눈물이 나지…."

자연산 더덕 향기가 진동합니다. 친정어머니의 사랑처럼.
늘 혼자인 아파트에 돌아왔습니다. 비닐봉지에서 더덕과 두릅을 꺼내 냉장고에 넣었습니다. 쟁반에 떨어진 더덕 순 하나를 물에 씻어 입에 넣었습니다. 코끝까지 싸한, 진실이 외할머니와 진실이 엄마, 이 모녀의 사랑의 향기가 아닐까요.

젊은 사제 그대여!

몇 번이고 포기하고 싶었던
가시밤송이 나뒹구는 산책로
그 길은 울타리 안의 길이라네

이불집 옷가방 하나로 정문을 들어섰지만
가득한 짐수레가 아닌지, 뒤돌아보게나

가난한 이들, 아픈 세상을 향해
서른세 살 예수님처럼 우리, 얼마나 뜨거웠던가
태초의 꿈처럼 부푼 가슴으로 출발했던
젊은 사제 그대여, 이제 시작이라네

어쩌면 텅빈 방에 홀로 남은 밤이
두렵기도 할 거네
그러면 그 방처럼 그대의 영혼도 비워 두게나

자존심 상할 땐 감실에서 부르시는
예수님께로 가서, 하소연도 해 보게나
이것밖에 되지 않는 초라한 삶,
그 부족함 때문에 겸손해질 수 있지 않겠나

사제는 사제를 만나야 한다네
그대 곁에 동료 사제가 없을 때
그대 삶의 빨간 신호등이 켜졌다는 것을 젊은 사제여,
다시 말하네
사제는 사제를 필요로 한다네

그대 귓가에 누군가 우는 소리 들리거든
그 소리 끌어안고 함께 울어 주게나
하느님의 품이 되도록

젊은 사제 그대여,
마구간을 찾아간 목동, 그 가난한 영혼으로
세상 속으로 걸어가게나

누구나 십자가는 두렵다네
스승 예수님도 그랬지 않은가
사제는 세상의 십자가에 스스로 못박히는 제자라네

성공에 익숙해진 그대여
실패를 두려워 말게
십자가야말로 완벽한 실패가 아닌가

주님이 그대의 손길로 진리의 하늘을 열고
주님이 그대의 발걸음으로 평화의 비둘기 날려 보내리니
젊은 사제 그대여, 두려워 말게나
시작이 반이니, 나머지 반도
주님께서 넘치도록 부어 주시지 않겠나

로만 칼라 수의로 입고
나란히 아픈 다리 누이며 우리 꼭 만나야 하네
젊은 사제 그대여,
제의를 수의로 입고
나란히 어깨동무하고 우리 꼭 만나야 하네.

씨를 뿌리는 마음

오늘은 잡초가 무성한 성당 마당을 평평하게 고르는 작업을 했습니다. 300여 평의 밭을 개간한 다음 날, 새벽미사를 마치고 밭 정리 작업에 들어갔습니다. 일부 황토 흙이 괭이로도 부서지지 않아 트랙터로 로터리를 치고 겨우 이랑과 고랑을 만들었습니다. 때맞춰 나흘 동안 비가 내렸습니다.

화요일 오전부터는 반별로 배추 모종을 심었습니다. 사이사이에 알타리, 동치미 무, 시금치와 상추, 아욱 씨앗도 뿌렸습니다. 고랑을 친 뒤 촉촉하게 비가 내려 모종을 심는 일이 한결 수월했습니다. 모종과 씨를 뿌린 다음 물을 주지 않아도 되니 하늘의 도우심에 감사하지 않을 수 없습니다.

사제관에서 호박과 감자, 양파와 당근을 썰고 밀가루에 도토리 가루를 넣어 주물럭거렸습니다. 부침개 반죽과 프라이팬을 챙겨 성당으로 갔습니다. 하필 그 무렵 성당 마당을 정리하다가 발목 인대를 다쳐 함께 일하지 못한 미안함 때문이었습니다. 노릇노릇 하게 구워 낸 도토리 부침개를 안주 삼아 막걸리 잔이 오갈 무렵 그제야 한시름 마음이 놓였습니다. 덩달아 주고받는 술잔에 배추 모종처럼 정감이 파릇파릇 돋아나는 것 같았습니다.

씨 뿌리는 손에는 희망이 있습니다. 아무리 어려운 일이 닥쳐도 결코 좌절하지 않고 희망의 싹을 밀어 올립니다. 씨를 뿌리는 마음은 다름 아닌 신뢰와 확신을 갖고 하는 일이기 때문입니다. 씨를 뿌리는 마음은 또 모든 것을 맡기고 기다리는 일입니다.

우리 인생도 희망의 씨앗을 뿌리고 가꾸는 삶이 아닐까요. 우리는 매일 매순간 '말'이라는 씨를 뿌립니다. 희망의 말씨를 뿌리는가 하면 절망의 씨앗을 뿌리기도 합니다. 절망의 씨앗은 썩어 사라지지만 희망의 씨앗은 무럭무럭 자라 풍성한 열매를 맺습니다.

축복받은 팔복성당

전주에서 가장 가난한 팔복동. 폐쇄된 노동자의 집을 수리해 성당을 꾸미고 미사를 시작한 지 3년이 되었습니다. 창립 기념 미사 때는 그만 울컥 뜨거운 것이 목젖을 타고 올라왔습니다.

"우리 공동체가 시작된 지도 어언 3년이 흘렀습니다. 아름다운 공동체를 만들어 주신 여러분에게 진심으로 감사드립니다. 이처럼 아름다운 전통을 만들어 갈 수 있는 것은 우리의 노력과 봉사에 하느님께서 함께 하시기 때문입니다. 진복팔단의 참된 행복이 가득한 성당을 만들어 가도록 한 번 더 기도하고 나누고 실천합시다. 우리의 기도와 봉사를 통해 각 가정과 성당, 우리 사회와 나라가 축복받을 수 있도록 노력합시다."

미사를 마치고 축하행사를 가졌습니다.

"생일 축하합니다! 생일 축하합니다! 팔복성당 3주년 생일을 축하합니다!"

시루째 올라온 찰떡 위에 불을 밝힌 세 자루의 초. 촛불도 기뻤던지 흥겨운 박수소리에 넌실넌실 춤을 춥니다. 현관 앞에 서서 생일 떡을 한 봉지씩 나눠 드렸습니다.

발길을 주방으로 돌렸습니다. 떡을 등분하여 비닐봉지에 담은 뒤 숲정이성당에서 성전건축기금 마련 자장면을 팔고 있을 빈첸시오 회원들을 찾아갔습니다.

성당에 도착했을 땐 이미 미사가 끝난 뒤였습니다. 빈첸시오 회원들 얼굴마다 비지땀이 장대비처럼 흘러내렸습니다. 30년 경력의 자장면 달인 요한씨 얼굴에 흘러내리는 땀방울을 닦아 주며 3주년 생일 떡을 입에 넣어 주었습니다.

"찰떡이 꿀맛입니다, 신부님."

그때 길을 가던 한 노인이 자장면 배식대 앞에서 머뭇거렸습니다.

"자장면 냄새가 너무 맛있게 나서 들어왔습니다."

"그냥 드시면 됩니다. 드신 다음 더 드시고 싶으면 말씀하세요."

"가장 보잘것없는 사람 하나에게 해 준 것이 나에게 해 준 것이다"는 성경말씀이 우리 가운데 이루어지고 있었습니다.

오후 5시 30분. 다음 차례인 본당을 방문해 현수막을 설치하고 얼마쯤 지났을까요. 빈첸시오 회원들이 저녁을 먹으러 간다는

전화가 왔습니다.

"저희들 점심도 제대로 못 먹었습니다. 자장면 팔고 라면을 끓여 먹는데, 행려자 한 분이 들어와 나눠 먹었어요. 배가 엄청 고프니까 신부님, 빨리 오세요."

전화를 끊고 부리나케 달려가니 삼겹살과 묵은 김치가 지글지글 익어가고 있었습니다. 찰랑찰랑 술잔도 채워졌습니다.

"팔복성당 3주년을 축하하며 건배!"

"팔복! 팔복! 팔복! 파이팅!"

빈첸시오 회원들은 주중 2~3일은 퇴근 후 폐품을 수집하러 나갑니다. 오늘도 식사를 마친 회원들은 문 닫은 지 오래된 지하 주점에서 대형 냉장고를 밖으로 들고 나와야 합니다. 벌써 얼굴에는 땀방울이 가득합니다. 어려운 이웃과 나누려는 거룩한 땀방울이 아닐 수 없습니다. 함께 끙끙거리며 무거운 냉장고를 지하에서 지상으로 다 운반했을 때는 그 계단이 천국으로 향하는 계단처럼 느껴지기도 했습니다.

가난을 행복이라 말하는 사람은 없습니다. 그렇지만 '가난한 삶에 행복이 있다' 는 말을 스스럼없이 하는 사람이 있습니다. 신부가 그렇습니다. 설령 신자들이 싫은 기색을 보일지라도 신부는 앵무새처럼, 아니 예언자처럼 외쳐야 합니다. 실천은 곧 듣는 자의 몫이기 때문입니다.

새겨들었으면 좋겠습니다.

영원한 진리는 가난 속에 있다는 것을.

우리는 고통을 당하면서도 기뻐합니다.
고통은 인내를 낳고 인내는 시련을 이겨내는 끈기를 낳고
그러한 끈기는 희망을 낳는다는 것을 우리는 알고 있습니다.

로마서 5:3~4

아름다운 이별

팔복성당은 하느님께서 저에게 베풀어 주신 축복이었습니다.

보잘것없는 사제의 삶에서 전에도 없었고 앞으로도 없을 은총이었습니다. 사제서품의 좌우명을 행복하게 살아갈 수 있도록 배려한 성당이기에 잊을 수가 없습니다.

제가 팔복동에서 좋은 기억, 아름다운 추억만 간직하고 떠나듯이 여러분도 좋은 기억과 사랑만 기억하셨으면 합니다. 혹시라도 여러분의 마음에 서운함과 상처를 준 것이 있다면 용서를 청합니다.

팔복동 식구들은 저에게 행복이 무엇인지를 깨닫게 해 준 삶의 스승입니다.

그동안 여러 본당에서 이별 연습을 해 왔기에 조금은 면역이 된 줄 알았습니다. 그런데 얼마 전 이곳을 떠난다 생각하니 그 생각

만으로도 눈시울이 뜨거워졌습니다. 샤워를 하던 중 울컥 목젖을 통해 뜨거운 것이 올라오기도 했고, 성당 화장실에서 운 적도 있었고, 미사 중에는 아랫배에 힘을 줘가며 참아야 할 때도 있었습니다.

저는 팔복성당에서 많은 눈물을 흘렸기에 그만큼의 은총을 받았다고 생각합니다.

성당 재정이 빈약해 힘든 건 별로 없었습니다. 대신 신자들을 너무 사랑한 나머지 사목적인 선물을 주는 데도 이러쿵저러쿵 말이 나돌 때, 그때가 제일 힘들었습니다. 사목회와 여러 단체장을 잘 수행할 능력 있는 신자들이 없는 것이 아니라, 열심히 참석하지 않고 급기야는 할 수 없다고 포기하는 신자들을 보았을 때도 어려웠습니다.

물론 저도 사람인지라 부활이나 성탄 대축일 미사를 마치고 사제관 아파트에 도착하면 썰렁한 아파트에 혼자라는 사실이 외로울 때도 있었습니다. 그렇지만 사제가 신자들을 사랑하기에 정치적인 강론도 하고 여러 사목을 하는데, 그로 인해 이런저런 성토가 들려올 적엔 사제로서 고독하기까지 했습니다.

그런 와중에도 어려움을 극복할 수 있었던 것은 밤늦게까지 폐품을 수집하는 빈첸시오 형제들, 주일마다 오병이어를 준비하는 반원들, 양로원 봉사를 하고 다른 성당을 찾아가 자장면을 파는 분들, 전 신자 레지오 단원화 계획과 파티마 성모님 순례기도를 바치는 가정 등 여러분의 봉사와 사랑 덕분이었습니다.

여러분은 저에게 위로와 희망, 봉사와 사랑, 정의와 평화를 함께 살아 준 영혼의 동반자였습니다. 팔복동 식구들과 여기 모인 모든 분들은 제 행복의 뿌리이자 가지이며 꽃과 열매입니다. 사랑합니다. 그리고 감사합니다.

하느님의 은총은 특별한 선물입니다.
가장 의미 있는 은총은 예기치 못했던 순간에 만나는 법입니다.
은총은 우리가 경계를 풀고 있을 때나
아무것에도 사로잡혀 있지 않을 때 느껴집니다.
은총은 항상 존재하기 때문에 누구나 언제라도 누릴 수 있고,
항상 좋으며 기쁨을 줍니다.
그러나 항상 존재하는 것임에도 불구하고
저절로 얻어지는 것은 아닙니다.
그것은 받을 준비가 되어 있는 사람만 받을 수 있는 선물입니다.

스태니슬라우스 케네디 수녀 명상록 〈영혼의 정원〉에서

이별의 눈물, 그 거룩한 사랑

토요일 오후 4시, 초등부 미사 때부터 시작된 송별미사는 떠나는 이와 보내는 이 모두에게 가슴 저미는 시간이 되고 말았습니다.

유치부 초등부 미사 내내 아이들과 사제는 눈물을 훌쩍거렸습니다. 미사 후 참았던 눈물을 쏟아냅니다. 엄마 품에 안겨 어깨를 들썩이며 우는 아이, 마당에서 엉엉 울며 엄마에게 가는 아이, 그렇게 서럽게 우는 아이들을 품에 안고 흐느끼는 사제. 사랑하는 아이들과의 이별은 이토록 아름다운 눈물의 잔치인가 봅니다.

7시 30분 중고생 미사 강론을 시작하면서부터는 그 뜨거운 이슬이 마침내 두 볼을 타고 흐르기 시작했습니다. 일주일 전부터 건강하시라는 기원을 담아 종이로 접은 거북이를 담은 유리병과 화분, 사진과 짤막한 편지로 장식한 '신부님 사랑해요!' 피켓을 선물로 받았습니다.

　학생회장의 송별사는 여러 차례 끊어지고 이어지기를 반복했습니다. 함께 손잡고 부른 이별 노래에 그만 모두가 눈물범벅이 되고 말았습니다.

　주일 10시, 팔복성당에서 마지막 미사를 드렸습니다.
　떨리는 목소리에서 금방이라도 울음이 쏟아질 것 같아 가까스로 감정을 조절했습니다.
　"성부와 성자와…. 그동안 4년은 은총의 시간이었습니다. 전에도 없었고 앞으로도 없을 행복이었습니다. 그동안 참으로 행복했습니다. 그 행복은 세상이 주는 행복이 아니라 복음, 가난한 성당이 주는 행복이었습니다. 그 행복의 주인공은 여러분이었습니다. 제가 아무리 좋은 일을 계획했더라도 여러분이 따라주지 않았다면 할 수 없었습니다. 여러분과 함께 만들어 간 행복이었습니다. 4년 동안 저희 공동체에 많은 사랑과 축복을 주신 하느님께 감사드리며 미사를 봉헌하도록 하겠습니다."

드디어 참았던 눈물이 흘러내리기 시작했습니다.

엉엉 울어버릴 것 같아 차마 신자들 얼굴을 볼 수 없었습니다. 원고를 보고 읽어 내려간 강론은 제의에 눈물과 콧물을 떨어뜨리고 말았습니다. 강론 끝에 '타인의 계절'을 개사한 노래를 불렀습니다. 다시금 콧날이 시큰해지면서 한없는 눈물이 흘러내렸습니다. 송별미사 비디오 촬영을 마친 한 형제의 소감이 오래도록 귓전에 맴돌았습니다.

"신부님, 왜 그렇게 많이 우세요. 많은 신부님들의 송별미사를 봤지만 신부님처럼 눈물을 흘린 신부님은 처음입니다."

내 안에 이토록 큰 눈물바다가 있다는 사실을 예전에 미처 몰랐습니다. 그분들이 선물해 준 바다였습니다. 그런 사랑을 어떻게 잊을 수 있겠습니까! 세상을 향한 우리 사랑이 너무도 깊은 까닭에 그 사랑은 하늘 끝까지 영원할 줄 압니다. 오늘이 가고 먼 훗날까지도.

아시는지요, 사랑이 깊어 가면 갈수록 우리 영혼은 즐겁습니다.

사제를 울린 일곱 빛깔 칸타타

아무도 가지 않는 길을 웃으면서 떠나는 사제

저를 지극히 사랑하는 예수님!

신부님의 사진을 보고 울었습니다. 빨간색 제의에 까까중머리. 참으려 해도 자꾸만 눈물이 납니다.

어찌하여 고난의 길을 자처하십니까. 어찌하여 남들이 힘들어하는 길을 웃으면서 가려 하십니까. 그분의 부르심이겠지요.

신부님, 아프지 마세요.

신부님과 오래 이야기를 나눈 적은 없지만 사랑합니다. 주일날 병원에 미사가 있어 참석하지 못함이 아쉬움으로 가득합니다.

얼마 전 입원한 팔복성당 할머니 신자분이 "우리 신부님, 최고"라며 신부님 자랑을 많이 하셨습니다. 이동하게 되었다는 소식을 전해 드리자 펑펑 우셨지요.

따뜻함이 가득한 사진들, 감사합니다. 목이 멥니다. 사진만 봐도 이러는데, 함께 한 팔복공동체 식구들의 심정은 어떠할까요? 그분들에게 평생 동안 입이 닳도록, 두고두고 모여 얘기할 행복을 만들어 주셨습니다.

"신부님, 마음으로 함께 합니다."

사랑은 이처럼 아름다운 눈물인가 봅니다. 행복은 얼마나 많이 가진 것의 문제가 아니라 얼마나 함께 울고 웃고 나누는가의 문제라는 것을, 초대 공동체처럼 살아가는 팔복성당을 통해서 배우고 느꼈습니다.

참된 행복을 보여 주신 팔복공동체와 신부님께 깊은 감사를 전합니다.

〈어느 수녀님으로부터〉

우리들의 장난꾸러기 신부님!

흰머리에 숯덩이 눈썹이 이상했어요. 초등부 미사를 처음 하던 날 평화의 인사 때였어요. "옆에 있는 친구들에게 간지럼 먹이기 시작!" 저희보다 신부님이 신나서 친구들에게 간지럼을 먹였지요. 저는 그 미사 후 간지럼 먹이기를 기다리며 일주일을 보냈어요.

친구처럼 성당 마당에서 함께 뛰어놀고, 가끔 길에서 만나면 아이스크림도 사 주셨어요. 교리실에서 놀고 있으면 몰래 들어오셔서 친구들 머리를 잡고 박치기를 시키셨죠. 신부님은 우리에게 장난꾸러기였고 다정한 친구였어요.

신부님이 떠나신다는 소식을 엄마에게 듣고 방에 들어가 몰래 울었어요. 사제관에서 신부님이 만들어 주신 세상에서 제일 맛있는 떡볶이도 떠오르고, 물놀이 가서 튜브 타고 신부님 허리를 잡고 줄줄이 사탕처럼 매달려 '붕붕붕 아주 작은 자동차 꼬마 자동차가 나간다'를 부르며 신나게 놀았던 일, 언제나 장난기 가득하고 해바라기처럼 환하게 웃는 신부님 얼굴이 떠올랐어요. 울음보가 터질 것만 같아 수건으로 입을 틀어막고 엉엉 울었어요. 글을 쓰고 있는 지금도 눈물이 납니다. 우리의 다정한 친구, 우리의 장난꾸러기 신부님을 사랑해요. 하늘만큼 땅만큼 사랑해요.

〈초등학생으로부터〉

낯설고 어색함을 친숙함으로 변화시킨 사제

신부님께 죄송합니다.

저희 성당이 분가된다는 소식을 듣고 팔복성당에 가 봤습니다. 조립식 건물 하나 덜렁 있고, 잡초만 무성한 성당을 보고는 너무도 실망했습니다. 거기에다 신부님마저 흰머리가 많았어요. 저희들과 맞지 않을 거라는 선입견까지 가지게 되었습니다. 그러나 신부님과 함께 학생회를 하면서 정말 쉽게 친해졌습니다.

창세기 그룹사운드 활동을 할 때 신부님이 연습실을 찾아와 몇 차례 술값을 주고 간 적이 있습니다. 친구로부터 '너희 본당은 참 좋겠다'는 칭찬을 들었습니다.

성전신축기금을 마련하기 위한 자장면 봉사를 시작한 초기에, 아빠와 엄마가 주일날 저희와 한 번도 놀러가지 않는다고 불평했습니다. 그런데 제 주위사람들로부터 팔복성당 자장면이 너무 맛있다는 칭찬을 자주 듣게 되었습니다. 하나같이 팔복성당만 할 수 있는 자장면 봉사라는 말을 들었을 때는 저희 엄마 아빠가 무척 자랑스러웠답니다.

〈학생회 출신으로 사회복지학과를 다니는 한 여학생으로부터〉

가난하고 소박한 사람들의 친구가 된 사제

그동안 빈첸시오 회원들이 하는 모든 일을 사랑으로 보아 주신 신부님께 깊이 감사드립니다.

우리 빈첸시오회는 정말 많이 발전하고 활성화되었습니다. 우리 교구는 물론이고 세계적으로도 팔복성당 빈첸시오회처럼 열심히 활동하는 성당은 그리 많지 않을 것입니다.

지금 우리는 행복합니다. 가난하고 소박한 성당이기에 누릴 수 있는 은총입니다. 모두를 인자한 아버지의 마음으로, 한없는 사랑으로 이끌어 주신 신부님 덕분입니다. 지금처럼 첫 마음 잃지 않고 열심히 활동합시다. 사랑합니다!

〈팔복성당 해결사 형제님으로부터〉

언제나 첫사랑으로 사는 사제

핏덩어리 아이들을 씻겨 주시고 감싸 주시며 고이 길러 주신 우리 신부님!

이제 겨우 네 살인 우리 공동체, 어린아이가 아버지를 알고 재롱을 부리고, 때론 짜증과 불평을 털어놓아도 고이 품어 주기만 하셨던 우리 신부님!

이제 서로 속마음을 알게 되나 했는데 어느새 이별이라니….

이것이 주님이 만드신 만남과 이별인가요?

〈여든이 넘은 한 아버님으로부터〉

말씀을 풀어 주며 추억을 선물한 사제

4년 동안 토요일과 주일이 정말 행복했어요.

우리가 잘못해도 잔소리 한 번 하지 않고 모든 것을 품어 주신 신부님은 그 누구보다도 소중한 분이세요. 신부님은 저희 중고등부들에게 많은 추억을 주셨습니다. 신부님을 만나지 못했다면 추억이라는 단어를 모르고 살았겠죠?

신부님께서 강론시간에 해 주셨던 그 많은 말씀들, 잊지 않고 가슴에 새겨서 어려운 사람도 돕고 올바른 생각만 하는 멋진 어른이 되겠습니다.

〈중고등학생들로부터 1〉

지혜를 들려주며 삶의 가치를 알려 준 사제

모든 사람을 안아 줄 수 있는 신부님의 따뜻함에 제가 지금 성당에서 이 자리까지 오게 된 것 같습니다.

어렸을 때부터 가졌던 성당과 신부님에 대한 생각이 신부님을 통해 잘 정리되었습니다. 잠시 성당을 멀리했던 제가 다시 성당에 올 수 있었던 것 또한 신부님만의 따뜻함이 아니었나 생각합니다.

신부님의 웃음 많고 눈물 많은 모습, 정말 잊지 못할 것 같습니다.

성당에 와서 종교적인 배움이나 사회 안정 말고도 신부님이 알려 주신 사회정의와 환경에 대한 가르침들, 정말 감사합니다.

우리 눈과 귀를 뚫어 주신 신부님의 당당한 말씀들이 그리워질 것 같습니다.

〈중고등학생들로부터 2〉

아버지, 어머니, 형제님, 자매님이라 불렀던 팔복성당 가족들과 초등부 미사를 드린 직후였습니다. 장미꽃을 한 송이씩 들고 나오는 유치부와 초등부 아이들, 현관 앞에서 한 명씩 안아 줄 적에 품에 안겨 우는 아이들…. 그 여운이 아직 가시지 않았던 걸까요. 엄마 품에 안겨 우는 아이, 간식 먹는 걸 잊은 채 봉고차에 올라가 고개를 파묻은 아이, 집에 다다르도록 두 눈이 충혈되어 있는 아이, 그리고 일주일 전부터 한증막 같은 컨테이너 속에서 거북이 천 마리를 접어 선물을 준비한 중고등부 학생들…. 그 학생들이 떠나는 길에 편지를 보내왔습니다. 저에게 아버지의 마음을 가르쳐 준 아이들이었습니다.

팔복동 모든 식구들에게 진심으로 감사드립니다. 그리고 멀리서 가까이서 팔복성당을 위해 기도해 주시고 관심을 가져 주신 모든 분들, 지금 이 자리에 함께 계신 분들에게도 깊은 감사와 사랑을 드립니다.

팔복성당에서 띄우는 하늘편지

하느님의 크신 사랑과 축복, 팔복성당

팔복성당에 부임한 것은 하느님의 크신 사랑과 축복이었습니다. 저에게 많은 은총을 선물했으며, 제 사제의 소명이 어디에 있는지 그 점을 깨닫게 해 주었습니다. 제가 사제의 길을 선택한 게 아니라 하느님께서 선택하셔서 사제의 길을 가도록 하셨습니다.

사제서품을 받을 때 제가 선택한 좌우명은 "주께서 나에게 기름을 부으시어 가난한 이들에게 복음을 전하게 하셨다"(루가 4,18)입니다. 사제성소는 하느님께서 선택하셨지만 사제서품 좌우명은 제가 선택한 줄 알았습니다. 하지만 그게 아니었습니다. 성서말씀을 제가 선택한 것이 아니라 하느님께서 선택해 주신 사명이라는 것을 뒤늦게 깨달았던 것입니다.

돌아보면 가난은 저에게 하느님의 축복이었습니다.

가난한 동네인 팔복동에서 사목하면서 여러 번 울었습니다. 가난한 이들에게 해 줄 게 아무것도 없을 때, 가난한 사람들 속에서 하느님이 살아 계심을 느낄 때, 신자들과 함께 하느님 보시기에 좋은 일을 했을 때 눈물 말고는 드릴 게 없었습니다.

하느님께서 사제서품 복음말씀을 주시며, 일생을 그 말씀대로 살아갈 수 있도록 인도해 주신 것입니다.

가난한 이들과 함께 하신 하느님

2005년 성당이 물에 잠겼을 때 일입니다.

오전 8시부터 12시 가까이 그 물을 퍼냈습니다. 한 형제님이 고백소에서 물을 퍼담는데 아무리 퍼담아도 통에 물이 차지 않았습니다. 그 통을 들어 보니 밑바닥에 구멍이 숭숭 뚫린 콩나물 시루였습니다. 성당 안의 물을 퍼내던 신자들과 물이 주르륵 떨어지는 시루를 보며 얼마나 웃었는지 모릅니다.

물에 잠긴 성당에서 10시 미사를 두 시간 정도 늦춰 드릴 때 까닭모를 서러움과 원망의 눈물이 쏟아졌습니다. 수중미사를 눈물로 봉헌한 후 깨닫게 되었습니다. "주께서 나에게 기름을 부으시어 가난한 이들에게 복음을 전하게 하셨다"는 성서말씀을 하느님

께서 '이렇게 살라'는 사명으로 주셨다는 것입니다.

저는 지금 우리 시대에 가장 가난한 사람들인 농민사목을 하고 있습니다. 이렇듯 제가 가난의 현장으로 들어가려 애쓰는 것은 가난한 사람들이 바로 교회의 뿌리이기 때문입니다. 가난한 이들을 선택하면 부유한 이들도 함께 할 수 있지만, 반대로 부유한 이들을 선택하면 가난한 이들이 함께 할 수 없다는 것입니다. 프란치스코 성인이 가난한 사람들 속에서 가난의 삶을 사신 이유도 여기에 있을 줄 압니다.

농촌사목을 시작하며

캐나다 교포사목 3년 반, 팔복동 4년의 자취생활은 건강에 빨간
불이 들어오게 했습니다.

국민 건강권을 짓밟은 미국산 수입 소고기 반대 촛불문화제에
참여하고 돌아왔습니다. 12시가 넘도록 원고를 정리하는데 정수
리가 뜨거워지고 아프기 시작했습니다. 쉬면 괜찮겠지, 한 시간이
지나도 정수리 통증이 가시지 않았습니다. 혈압기 눈금 145~167,
평소 혈압이 60~100 사이의 저혈압이었는데, 덜컥 겁이 났습니
다. 하느님 어떻게 해야 하나요. 묻는 순간에 119가 떠올랐습니다.

"145~167이면 구급차가 갈 정도는 아닙니다."

"근데 제가 혼자 생활합니다."

"혼자 있으면 위험합니다. 응급차를 출동시키겠습니다."

응급실에서 안정제와 링거를 맞았습니다. 새벽 4시경 아파트 사
제관에 돌아왔습니다. 텅 빈 아파트, 혼자서 아파야 하는 설움이
천둥 장대비처럼 쏟아졌습니다. 바람 빠진 풍선처럼 침대에 쓰러
졌습니다. 얼마나 잤을까요. 배가 고파 눈을 떴습니다. 누룽지를
끓였습니다. 냉장고에서 김치 하나 꺼내 식탁에 앉았습니다. 누룽
지, 김치, 나. 모두 홀로였습니다.

빨간불이 들어온 건강은 주황불의 고개를 넘어 녹색불로 쉽게
바뀌지 않았습니다. 몸과 마음의 휴식, 안식년이 필요했습니다.

산 위의 마을 공동체 연수와 귀농체험 계획으로 안식년에 들어갔
습니다.

팔복동을 떠난 뒤 한동안 힘들었습니다.

혼자 책을 읽다가도 문득문득 팔복동 생각이 났습니다. 잠시 책
을 덮은 채 눈을 감으면 아름다운 추억들이 떠올랐습니다. 하지만
눈을 뜨면 혼자라는 사실이 저를 힘들게 했습니다.

하루는 창가에 멍하니 서 있는데 눈가에 이슬이 맺혔습니다. 참
기 어려울 때는 뒷산으로 산책을 나갔습니다. 안식년을 하지 않고
본당사목을 했다면 이런 일은 없었을 것입니다. 사랑하는 사람을
떠나보낸 사람처럼, 사랑하는 사람을 가까이 두고도 만날 수 없는
사람처럼 허전하고 쓸쓸했습니다. 제 신앙이 부족한 탓이었겠지
만, 기도를 한다고 해서 그 허전함과 쓸쓸함이 사라지는 것은 아
니었습니다.

함께 사는 연로하신 부부와 텃밭을 가꾸고 미사를 드리면서 차
츰 외로움을 이겨 낼 수 있었습니다. 무농약 음식과 효소를 먹으
니 건강도 좋아졌습니다.

오병이어의 기적을 보다

3월부터 농사를 시작했습니다.

어떤 날은 새벽 5시에 일어나 이른 아침을 먹고, 6시에 안식년을 보내고 있는 진안 성수에서 부귀 만나농장으로 향했습니다. 안개가 피어오르는 섬진강 상류 냇가에 햇살이 내리는 광경은 그 어떤 풍경보다 아름다웠습니다. '천국으로 가는 길이 이런 길이겠지' 콧노래가 시냇물 소리처럼 저절로 흘러나왔습니다.

전주에서 자원봉사를 온 스무 명의 신자들과 포도나무, 블루베

리를 심었습니다. 함께 일하는 그 풍경이 천국처럼 느껴집니다. 날이 어두워지면 자원봉사자들은 하나라도 더 심고 가려고 손과 발을 분주히 움직입니다.

잠시 허리를 편 채 그 광경을 봅니다. 저절로 감사기도가 피어났습니다.

"하느님, 이곳이 천국이군요. 여럿이 함께 일하는 모습, 또 다른 오병이어의 기적을 보여 주셔서 감사합니다."

팔복성당 빈첸시오 형제자매들이 폐품을 수집해 만들어 가는 오병이어의 기적을 그날 밭에서 일하는 자원봉사자들을 통해 한 번 더 깨닫게 되었습니다.

달빛을 벗 삼아 집으로 돌아올 때는 하루가 참 길게 느껴지기도 했습니다. 하루 종일 분주하게 일을 마치고 돌아와 하루를 감사하는 미사를 드립니다. 그런데 허리가 너무 아파 앉아 있을 수도 누워 있을 수도 없습니다. 미사 전에 묵주기도 5단을 바칩니다. 노부부 신자들은 묵주기도를 바치는데 저는 무릎 꿇고 엎드려서 "아이고 허리야! 아이고 허리야!" 끙끙 앓습니다. 그러나 허리가 끊어질 듯 아픈데도 마음만은 행복합니다. '농사가 가장 힘든 육체노동이구나. 농민들이 이렇게 힘들게 농사를 짓고 있구나.' 머리로만 알았던 진리를 온몸으로 체득하는 시간이었습니다.

갑자기 돌아가신 어머니 얼굴이 떠올랐습니다. 그리움은 맑은 하늘의 장대비처럼 쏟아졌습니다. "막둥이 다섯 살 때 8남매 홀어머니가 되신 어머니, 그래서 안 해 본 일이 없으신 어머니, 식당으로 공장으로 논으로 밭으로 이렇게 품팔이를 해서 우리를 키우셨구나" 하는 생각에 그만 소나기 눈물을 쏟고 말았습니다.

나눔과 섬김의 아름다운 공동체, 그 길을 가다

농사를 배우면서 농촌사목을 전담하게 되었습니다.

밭 3,000여 평을 신자들과 공동으로 매입해 포도 600평, 블루베리 1,400주, 고추와 콩, 조와 들깨 등을 심었습니다. 한편 걱정이 앞서기도 했습니다. 농사를 잘 지을 수 있을까? 농촌사목을 잘 해낼 수 있을까? 함께 농사지으면서 자급자족하는 생태마을을 성공적으로 만들어 낼 수 있을까? 집짓기를 시작해 놓고 마무리를 못 하는 것은 아닐까?

하지만 지금껏 그래왔던 것처럼 제가 하는 것이 아니라 저를 통해서 하느님께서 하신다는 것, 하느님께서 시작하신 일이니까 하느님께서 완성하실 것이라는 확신이 듭니다.

제가 하고 싶다고 해서 되는 것도 아니고, 하느님께서 때가 되면 이루어 주실 것입니다. 또한 여기에서 절망하기에는 제가 아직 젊습니다. 더욱이 저를 위해 기도해 주시는 첫사랑 팔복 신자들이 있기에 걱정하지 않습니다.

제가 먼저 행복해야 여기 팔복동 성당 아버님 어머님, 형제자매님들이 행복해집니다.

저는 그리스도의 행복 바이러스에 감염된 사람입니다. 세상이 주는 행복이 아니라 복음이 주는, 십자가를 통한 행복에 감염된 사람입니다. 무엇보다도 저를 위해 기도해 주시는 많은 신부님과 수녀님들, 저를 아는 많은 신자들과 지인들이 행복해야 저도 행복합니다. 여러분의 행복이 저의 행복이고, 저의 행복이 여러분의 행복이기 때문입니다.

저에게 팔복동 신자들이 있다는 것은 크나큰 행복이며 축복입니다. 저를 위해 멀리서 기도해 주시고 성원해 주시는 많은 분들이

계시기에 저는 행복한 사람입니다. 힘들고 어려운 농촌사목의 길을 내디뎠지만 제 삶의 모든 것을 걸 수 있는 힘과 용기가 되어 주시는 분들이 곁에 있기에 고단하지만 행복하게 길을 갈 것입니다.

하느님께서 사명으로 저에게 주신 사제서품 복음말씀 안에서 힘을 얻어 매일매일 최선을 다해 살아간다면, 공소 신자들과 같이 함께 사는 가족들과 함께 나눔과 섬김의 공동체를 만들어 간다면 보시기에 아름다운 공동체를 이루어 주실 것입니다. 또한 제 삶의 전부이신 하느님께서 팔복성당 신자들과 신부님, 저의 희망을 위해 함께 해 주시는 벗들에게 사랑과 평화의 은총을 넘치도록 베풀어 주실 것입니다.

은총의
시간
-
빼까일기

원주민 지역에서 시작한 해외 공동체 연수

1.

덜컹거리는 비포장길에 칠면조 떼가 줄지어 지나갑니다.

"저 칠면조는 성탄절 날 떼죽음을 당해요."

"그럼 부활절 땐 어떤 것이 떼죽음을 당하나요?"

"부활은 없어요."

"그리스도교는 부활신앙인데 왜 그래요?"

"예수님께서 돌아가신 성금요일만 중요하게 생각해요."

"십자가의 성금요일만을 강조한 것은 식민지의 역사를 십자가로 받아들이라는 식민지 정책의 일환이었군요."

"그렇지요. 부활은 곧 독립과 같은 것이니까 중요하게 가르치지 않았던 거죠."

"그래서 십자가상의 죽음만을 강조한 것이군요. 부활을 중요하게 가르치게 되면 식민지 통치를 하는 데 어려움이 따르니까요."

"그렇지요. 스페인과 과거 유럽 교회가 남미와 아프리카에서 얼마나 큰 과오를 범했는지 참회해야 해요. 언제 스페인 교회가 남미 민중에게 사과할지 모르겠어요."

뿌연 먼지를 일으키며 달리던 자동차가 사제관에 도착했습니다. 흙벽돌로 쌓아올린 양철지붕 성당으로 들어가 예수님께 인사를 드립니다. 가난한 이들 안에 계시는 당신을 영혼 깊이 만날 수 있도록 청원기도를 드렸습니다.

마중 나온 원주민 형제가 침대를 사 왔습니다. 세 명의 신부와 신자가 네 개의 다리를 잡고 조립했습니다. 이마에 땀이 송글송글 열린 형제의 얼굴에서 참으로 착한 원주민의 마음을 읽었습니다.

아우 신부와 동네 산책을 나갔습니다. 노새에 옥수숫단을 싣고 오는 농부들, 소를 몰고 집으로 가는 아이들. 30년 전 밭에서 어머니와 함께 집으로 오던 그 추억을 따라 걷고 있었습니다. 눈부신 노을은 농촌의 한가로움을 더 만끽하게 해 주었습니다. 바나나와 파파야 나무에 걸친 저녁하늘, 노을이 물들인 핑크빛 하늘과 구름을 카메라에 담았습니다.

아우 신부를 보자 '빠드레' 하고 정겹게 인사하는 구멍가게 앞을 지나가게 되었습니다. 들어와서 뭐라도 들고 가라며 손을 끌어당기는 아주머니를 따라 가게에 들어갔습니다.

레몬으로 만든 음료수를 한 병 꺼내자 컵을 가지고 와서 한 병

더 꺼내 내 손에 들려주었습니다.

밀린 빨래를 손으로 주물렀습니다. 비가 오지 않는 건기에는 수력발전을 할 수 없어 전기가 들어오지 않는 날도 있습니다. 그러니 세탁기는 생각할 수도 없는 문명의 이기입니다. 대부분 냉장고 없이 살아갑니다.

미사를 드리고 정문 앞에서 형제님들과는 악수를, 자매님들과는 볼을 대는 인사를 나누었습니다. 아우 신부가 기른 토종닭에 마늘 두 봉지를 넣고 고아서 저녁식사를 했습니다. 해외 공동체 연수를 원주민 지역으로 와 있다는 것이 행복했습니다. 행복은 이처럼 가난한 지역에 있을 때 제곱 승수가 되는 것을 다시금 확인하는 저녁식사였습니다. 닭다리 두 개를 두 아우 신부에게 주는 형님 신부가 있어 더 행복한 것일까요. 아우 신부가 마늘 두 봉지를 넣어 고은 그 사랑이 있어 행복한 것일까요.

2.

새벽을 여는 것은 닭이었습니다. 집집마다 닭을 키우는 마을이기에 새벽닭 울음소리는 4부 합창단의 합창처럼 들려왔습니다. 내 울음소리가 더 크다는 것을 자랑이라도 하듯 여기저기서 외쳐댔습니다. 개들도 뒤질세라 짖어댔습니다.

새벽 6시, 분주하게 움직이는 소리가 모기장 창문을 통해 여과

없이 들려왔습니다. 농사꾼은 해가 지면 일을 할 수 없기에 새벽부터 부지런할 수밖에 없습니다.

오늘은 주일이자 읍내 장이 서는 날입니다. 5일마다 장이 서는 한국과 달리 7일, 주일마다 장이 섭니다. 풋풋한 삶의 향기를 찾아 시장 구경을 갔습니다. 감자나 농산물을 팔아 필요한 생활용품이나 옷들을 사가는 물물교환 장소였습니다.

어젯밤 미사에서 본 신자들도 자판을 벌이고 있었습니다. '빠드레' 하며 비닐봉지에 파인애플을 하나 담아 주었습니다. 해바라기꽃과도 견줄 수 없는 밝은 미소도 함께 담아 주었습니다.

사거리에서 청년이 빵을 팔고 있었습니다. 어젯밤에 성당에서 인사를 나눈 신자였습니다. 대나무로 지은 선술집에서는 새벽 일찍 장에 나온 농부들이 아침식사를 하고 있었습니다.

아침으로 누룽지를 끓이는데 대문 두드리는 소리가 났습니다. 아우 신부가 계란 세 개를 할머니가 가져왔다며 냉장고에 넣었습니다. 사랑의 기쁨은 받을 때보다 줄 때 배가되고, 행복은 큰 것에 있지 않음을 깨닫는 아침이었습니다.

아침을 먹고 형님 신부와 함께 시장을 보러 나갔습니다. 전날 사온 브로콜리 김치를 담기 위해 피망과 양배추, 양파와 매운 고추를 사고, 김치찌개용 삼겹살도 샀습니다. 덤으로 포도와 사과도 한 봉지 담아 주었습니다.

아우 신부와 산책을 나갔다가 주일마다 열리는 마을 대항 축구 대회를 구경했습니다. 운동장 주변에서 관람하는 주민들의 열기는 용광로처럼 뜨거웠습니다. 마을별로 토너먼트를 벌여 도 대표가 되고 전국대회에서 우승하면 프로 하위팀과 겨뤄 프로가 될 수 있다고 합니다. 남미에서의 축구 열기는 운동경기가 아니라 종교 이상의 것이었습니다.

밤 8시 미사를 드립니다. 형님 신부가 미사 마치기 전에 저를 소개했습니다.

"제가 이곳에 있는 동안 저희 어머니를 친아들처럼 보살펴 준 신부님입니다. 저는 나쁜 신부인데 호세 초이 신부는 착한 신부입니다."

자기를 나쁜 신부라 소개하는 본당 신부의 농담에 한바탕 웃음이 쏟아졌습니다. 웃음과 박수의 환영에 90도로 허리를 굽혀 인사했습니다.

미사를 마치고 현관에서 신자들과 일일이 악수하며 어깨를 두세 번 다독여 주었습니다. 다리를 붙들고 파고드는 아이들을 힘껏 안아 주었습니다.

주방으로 돌아와 잘 저려진 브로콜리 김치를 담았습니다. 생강과 마늘, 양파와 빨간 피망, 매운 고추에 찹쌀풀 대신 누룽지를 다섯 수저 넣고 갈았습니다. 밥이 없어서 임시방편으로 누룽지를 이용했습니다. 그리고 새우젓을 넣고 양념을 버무렸지요.

양철지붕을 두드리는 비가 내렸습니다. 아우 신부와 길 건너편 가게에 가서 맥주를 사 왔습니다. 빗소리를 들으며 프라이팬에 볶은 멸치와 맥주를 마셨습니다. 양철지붕을 두드리는 빗소리가 잊고 살아온 신학생 시절의 추억을 되살려 주었습니다. 스승 예수의 십자가의 길을 가는 아우 신부와 처마 밑에 앉아 맥주를 마시는 행복을 누가 알겠는지요.

3.

아침식사로 어제 끓여 놓은 퍼진 누룽지를 먹었습니다. 점심은 어제 먹다 남은 닭고기를 처분하기 위해 수제비를 끓이기로 했습니다. 시금치를 믹서에 갈기 위해 냉장고를 열어보니 여기저기 홀아비의 체취가 누룽지처럼 붙어 있었습니다. 냉장고에 있는 것을 다 들어냈습니다. 김치 국물과 여러 가지 음식물이 묻어 굳어 버린 자국을 박박 닦아 냈습니다. 가끔 기분전환을 하기 위해 냉장고를 청소하던 습관이 도진 것이지요.

시금치를 갈아 연둣빛 반죽을 하고, 포도를 갈아 보랏빛을 내려던 것은 실패로 돌아갔습니다. 2분 정도 사용한 믹서가 연기를 내뿜더니 멈춰 버렸습니다. 싼 게 비지떡이라는 생각을 하면서, 싼 것을 살 수밖에 없는 이곳 가난한 사람들의 삶을 조금 이해하게 되었습니다.

오후 2시, 아우와 함께 도란도란 이야기를 나누며 공소 두 곳을 방문했습니다. 눈에 많이 들어오는 작물은 초콜릿 원료인 코코아나무였습니다. 열매가 가지 끝에서 열리지 않고 줄기에 붙어 노랗게 여물고 있었습니다. 신기한 코코아나무와 뿌리를 걸고 있는 처음 보는 나무들이 눈에 들어왔습니다. 앵두처럼 빨갛게 익어가고 있는 커피나무였습니다. 해발 800m에서 재배되는 가장 맛있는 커피랍니다.

마을 입구에 있는 중고등학교는 쉬는 시간이었습니다. 여기저기서 학생들이 놀고 있었습니다. 길가에 있는 구멍가게에 들러 돌아오는 길에 아이들 머리를 깎아 주겠다며 공소로 향했습니다. 공소는 허름한 블록 건물이었습니다. 제대도 없고 달랑 탁자 하나와 널빤지가 줄지어 놓여 있었습니다. 널빤지에 앉아 기도를 하는데 그 어디에서 느껴보지 못한 것 같은 평온함이 찾아왔습니다.

'어린 목동이 아기 예수님을 알현하고 느낀 평화가 이런 것일까?'

어린 목동의 마음을 가슴에 담고 공소를 뒤로 하고 마을로 내려왔습니다. 구멍가게에 들렀지만 전기가 들어오지 않아 이발 기계를 사용할 수가 없었습니다.

성당에 도착해서 함께 간 청년의 머리를 깎아 주었습니다. 물이 바뀌어서 그런지 한 시간 간격으로 방귀가 나왔습니다. 방귀 냄새는 장난기를 발동시켰습니다. 앉아 있는 청년 앞으로 가서 '뽕–

뽕' 마음껏 방귀를 꼈더니 놀란 토끼처럼 벌떡 자리에서 일어나 도망갔습니다. "하! 하! 하!" 한바탕 웃음이 유리창 없는 창살문을 통과해 성당 제대 위의 예수님께로 달려갔습니다. 여동생이 미용사인 다른 청년이 망설이다가 자리에 앉았습니다. 처음에는 깎지 않겠다고 하더니 친구 머리를 보고 마음이 바뀐 모양입니다.

 오후 7시, 자동차로 20분 거리에 있는 공소에 미사를 드리러 가기 위해 청년들이 모였습니다. 양철지붕 아래 시멘트 제대가 놓여 있고, 그 옆에 방금 꺾어 온 꽃이 화병에 담겨 있습니다. 유리도 없는 철근 창살만 있는 창문으로 별들이 반짝입니다. 참으로 가난한 공소에서 청년들이 노래 연습을 시작합니다. 나는 탬버린을 치며 박자에 맞춰 몸을 흔들었습니다. 자리에 앉아 있는 아이들에게 다가가 한 아이도 빼놓지 않고 탬버린으로 무릎을 치며 장단을 맞추자 아이들이 깔깔거리며 웃었습니다.
 우리 노랫소리는 우렁차게 밤하늘에 퍼져 정적을 깼습니다. 술에 취한 사람들처럼 노래에 취해 버렸습니다. 우리는 오랫동안 만나온 친구처럼 금방 친해졌습니다. 스페인어로 몇 마디 인사말과 감사의 말만 할 줄 아는 나에게 노래는 언어 이상의 감정과 사랑을 전해 주었습니다.
 흥을 참지 못한 원주민 아가씨도 일어나서 자동차 지붕을 두드리며 노래를 불렀습니다. 노래는 언어도 문화도 초월하는 신비로운 사랑의 하모니를 만들어 냈지요. 밤하늘의 별과 안데스 산맥의 산과 나무들도 우리의 노래를 영원히 기억할 겁니다.

4.

누군가를 위해 음식을 준비하는 마음은 즐겁고 행복합니다. 어젯밤 할머니 한 분이 손님 신부님 대접하라며 토종닭 한 마리를 가져오셨습니다. 닭을 요리할까, 생선을 요리할까. 형님 신부님이 마중 나오는 날 바닷가에서 산 싱싱한 생선이 떠올랐던 것입니다. 이미 생선은 냉동실에 들어갔기에 토종닭을 먼저 요리하기로 했습니다.

해외 공동체 연수는 긴 사제의 여정에서 황금 같은 은총의 시간입니다. 원주민 사목을 하고 있는 이곳 방문도 여러 공동체 탐방 중의 하나입니다. 한편으로는 '황금 같은 시기를 요리만 하고 있는 것은 아닌가' 하는 아쉬움이 유혹처럼 찾아왔지만 가난한 원주민 지역에서 사목하고 있는 형님과 아우 신부를 위한 일이니 즐겁고 행복합니다.

오늘 요리는 닭도리탕과 김치부침개입니다. 놓아먹인 토종닭은 고기 육질이 질기고 뼈도 단단합니다. 끓는 물에 살짝 데쳐서 닭 냄새를 제거했습니다. 토종닭의 질긴 육질 때문에 먼저 된장을 풀고 삶았습니다. 가게에서 감자와 당근을 사 오고 냉장고에 있는 맛살과 신김치, 감자와 오징어 젓갈, 양파와 실파를 썰어 반죽을 했습니다.

부침개를 몇 장 붙여서 맛을 보았습니다. 토양과 물, 기후와 재료가 다르니 제 맛이 나지 않았습니다. 같은 재료를 써도 제 맛이 나지 않기에 '신토불이'라는 말이 생긴 것일까요.

멕시코에서 파견된 원장수녀님이 잠시 사제관을 방문했습니다. 수녀님들은 유치원에서 고등학교까지 운영하고 있습니다. 언제 점심을 드시냐고 물어보니 학교에서 수업을 마치고 돌아오는

오후 1시 30분경이라 합니다. 네 수녀님들에게 줄 김치부침개 넉넉히 부치고 닭도리탕을 한 그릇 퍼서 아우 신부와 함께 수녀원으로 갔습니다.

사제들을 잘 챙겨 주시는 원장수녀님의 넉넉한 미소가 우리를 반겨 주었습니다. 코리안 피자와 닭도리탕이라 설명하고 수녀원 부엌으로 들어갔습니다. 원장수녀님이 과일 한 봉지를 담아 주셨습니다. 호박꽃 같은 미소로 배웅해 주시는 원장수녀님의 얼굴에서 넉넉한 인생의 연륜을 느꼈습니다. 가난한 지역에서 가난한 이들과 함께 살아온 삶의 향기였습니다.

아우 신부와 피시방이 있는 도시를 향해 비포장길을 30분 달려 갔습니다. 농부 두 사람이 황소 두 마리를 이용해서 모내기를 하기 위해 써레질을 하고 있었습니다. 들판은 누렇게 익어 가는 황금 물결과 한창 자라고 있는 푸른 물결이 한 폭의 풍경화를 연출하고 있습니다. 삼모작, 자연의 축복을 넘어 자연의 신비를 보여 주고 있었습니다. 자연이 주는 평화, 가난이 주는 넉넉함이지요.

30년 전 고향에 와 있는 듯한 평화로움이 찾아왔지만, 그리운 사람들은 보이지 않았습니다. 그리운 것들은 모두 바다 건너에 있는 것일까요. 고향에 와 있는 듯한 착각이 오히려 그리운 사람들을 더 그립게 하는 것일까요. 부유한 삶 속에서도 이따금 불행해 했던, 행복을 찾지 못했던 삶을 되돌아봅니다. 가난한 시절의 행복함을 잊고 살아온 것은 아닌지요.

5.

예수님께서 인류의 구원을 위해 십자가를 지시려고 예루살렘으로 입성하십니다. 조랑말을 타고 오시는 예수님을 열광적으로 환영합니다. 빨마가지나 꽃을 들고 환호하다가 땅을 밟지 않고 가시도록 길 위에 깔았습니다. 어떤 이들은 하나뿐인 외투를 벗어 깔기도 했습니다.

성지주일인 오늘 조랑말을 타고 오신 예수님을 다시 생각합니다. 선교사로 온 선배 신부님과 함께 예루살렘으로 들어오시는 예수님을 맞이하는 예식을 진행하기 위해 택시 승강장 앞으로 갔습니다. 벌써 많은 신자들이 꽃과 나뭇가지를 들고 모여 있었습니다. 처음 보는 꽃과 나뭇가지에서 풍부한 자연의 축복이 느껴집니다. 다섯 살 된 아이가 빨마가지를 이용해 만든 십자가를 들고 신자들 선두에서 행렬하는 풍경은 '어린이와 같이 되지 않으면 하늘나라에 들어갈 수 없다'는 성서말씀을 연상케 했습니다.

오후 3시경 장터로 갔습니다. 한바탕 비가 내려 바람이 시원했습니다. 지난주에 담근 브로콜리 김치가 얼마 남지 않았습니다. 조선 배추가 종종 시장에 나오기도 한다는데 오늘은 보이지 않았습니다. 박초이 중국배추도 눈이 띄지 않아 꿩 대신 닭이라고 한 포기씩 양배추를 세 종류 샀습니다. 한 포기는 덤으로 받았습니다. 마늘과 양파, 실파와 무, 생마늘과 늙은 오이도 몇 개 샀습니다. 고추

당신 덕분에 여기까지 왔습니다

가 너무 매워 빨간 빛을 내기 위해 작은 토마토도 두 개 샀지요.

양배추를 씻을 때 미안한 마음이 듭니다. 자라면서 속을 채우는 채소들은 속을 채우기 위해 겉잎을 애벌레나 병충들에게 내어 줍니다. 버리기 아까운 겉잎들은 실가리를 만들었습니다.

손에 잘 익지 않는 김치를 담근다는 것은 보통일이 아닙니다. 다듬고 씻고 먹기 좋은 크기로 자르고 소금에 절여야 합니다. 30분마다 한 번씩 뒤집어 간이 골고루 배도록 잔손질도 필요합니다. 수녀원에서 빌려 온 믹서로 밥과 새우젓, 마늘과 생강, 토마토와 매운 생고추를 갈았습니다.

김치를 담그면서 어머니를 생각했습니다. 밭에서 해질녘까지 일을 하고 뽑아 온 배추를 씻어 소금에 절이셨지요. 보리쌀을 확독에 갈아 저녁밥을 짓고 설거지하는 사이 배추를 뒤집어 놓으셨습니다. 8남매의 빨래를 마치고 잠자리에 드시기 전 고추와 밥, 마늘과 생강을 확독에 갈아 젓갈을 넣고 버무리셨습니다.

잠자리에 들기 전 어머니처럼 김치를 버무렸습니다. 원주민 지역에서 사목하는 형님 신부를 도울 수 있는 가장 확실한 방법이기 때문입니다. 믹서에 갈기 좋게 원주민들이 먹는 매운 고추를 도마에 썰었습니다. 고추 하나를 썰었는데도 얼마나 매운지 고추를 잡았던 왼손가락 끝이 아직도 아립니다. 형님 신부의 말이 문득 떠올랐습니다.

"이곳에 온 지 얼마 되지 않아 매운 맛이 그리웠어. 어느 날 요리를 하면서 매운 고추를 썰게 되었지. 한참 후에 소변을 보고 거시기를 털털 떨었지. 바지를 올리기도 전에 거시기가 아리기 시작하는데 고추를 만졌다는 것을 까마득히 잊은 거야. '무슨 병에 걸린 건 아닐까?' 거시기가 아프니 누구한테 말할 수도 없고 혼자 끙끙거렸지. 그때는 스페인어도 잘 못할 때였거든. 뒤늦게야 고추를 만졌다는 사실을 알고 혼자 얼마나 웃었는지 몰라."

하룻밤 발효를 시키기 위해 플라스틱 함지박으로 덮어 두었습니다. 12시가 훌쩍 넘어 버렸습니다. 성당 안이 훤히 들여다보이는 철근 창살 사이에서 빛나는 감실의 5촉 빨간 불빛. 거시기를 몇 초만 만지고도 쓰리도록 아픈 그 매운 고추 맛처럼 2000년이 지나도록 한 점도 가시지 않는 매운 사랑, 예수님의 그 지독한 사랑의 불빛이 아닐까요. 그 불빛을 따라 감실 앞으로 갔습니다. 눈을 감았습니다. 십자가의 매운 사랑이 내 심장에서 뜨겁게 달아올랐습니다.

6.

오늘은 걸어서 두 시간 거리에 있는 파라이소(천국) 공소를 방문하는 날입니다. 전날 장대비가 내렸고 오늘도 구름이 잔뜩 끼어있지만 타고 갈 말을 빌려 놓았기에 비옷을 챙겼습니다.

사제관 문을 열고 나가니 말 두 마리가 기다리고 있었습니다. 생전 처음 타보는 말이지요. 형이 말 타는 요령을 간단하게 알려 주었습니다. 형은 수컷 큰 말을 타고 나는 암컷 작은 말을 탔습니다.

고삐를 좌측으로 잡아당기면 좌측으로 가고 회전하고 싶은 쪽으로 잡아당기면 그쪽으로 돌아섰습니다. 이따금 풀을 뜯어 먹느라 오래 머물면 채찍으로 엉덩이를 때려야 한답니다.

큰 말이 앞장섰습니다. 공소는 구름이 앉아 쉬어가는 산 정상 부근에 자리했습니다. 공소가 있는 산이 눈앞에 보이는데 말을 타고 두 시간을 가야 합니다. 오르막길이어서 더 걸릴 수도 있습니다. 길에서 만나는 사람들과 손을 들어 정겨운 인사를 나누었습니다. 마을을 빠져 나와 골짜기를 따라 갔습니다. 파란 비닐을 어깨에 걸치고 커피 열매를 따는 농부에게 인사를 건넸습니다.

가파른 길을 오를 때 말에게 미안한 마음이 들었습니다. 말 발굽이 푹푹 빠지는 진흙 수렁길을 오를 때는 더 그랬습니다. 오르막길은 도보로 걷는 것이 더 빠를 것입니다. 산 정상 마을까지 걸어가는 사람들이 말을 앞질러 갔으니까요. 걸어서 가는 것이 더 빠를 텐데 왜 말을 타고 가야 하는지 의문이 들었는데, 말도 걷기 힘든 수렁을 만나자 곧 의문이 사라졌습니다. 신발에 흙이 달라붙어 걷기가 어렵기 때문입니다.

가파른 길 진흙 수렁에는 발이 빠지지 않도록 돌이 박혀 있습니다. 누군가의 고마운 손길이 있기에 높은 산길도 쉬이 오를 수 있나 봅니다. 산길은 지그재그로 정상을 향해 있습니다. 가파른 길일수록 단숨에 오를 수 없고 높으면 높을수록 쉬어가라는 진리를 말해 주고 있습니다. 잠시 뒤를 돌아보는 길이 이리저리 갈지자로 휘어져 있었습니다.

우리 말들은 노새를 타고 가는 앞사람을 따라 발길을 옮겼습니다. 한참 따라가다 보니 산 정상 마을과 멀어지는 느낌이었습니다. 말이 길을 벗어나 수풀 속으로 들어갔습니다. 우리는 순간적으로 당황했지요. 나뭇가지에 머리가 걸려 중심을 잡기가 어려웠으나 간신히 빠져나왔습니다. 앞장서는 사람이 잘 가야 목적지까지 잘 갈 수 있다는 것을 한참 길을 헤매고서야 깨달았습니다.

두 시간 정도 쉬지 않고 걸어온 말 덕분에 무사히 공소에 도착했습니다. 집 십여 채가 군데군데 숨바꼭질하듯 지붕만 내밀고 숲속에 앉아 있었습니다. 마을 입구에는 페루 유대인들이 이곳으로 흘러들어와 파라이소 천국을 꿈꾸며 살았던 회당이 자리하고 있었습니다. 회당 벽에는 천국을 꿈꾸었던 무지개가 아직도 선명하게 남아 있었습니다.

회당 벽의 무지개, 어쩌면 이곳 사람들에게 무지개는 꿈이 아닐지도 모릅니다. 수억 개의 물방울이 햇살을 굴절시켜 만들어 내는 자연현상이라는 것도 중요하지 않을 겁니다. 그것은 산에서 비가 온 뒤에 피어나는 무지개일 뿐입니다. 해가 뜨면 일어나 일하고 해가 지면 잠자리에 드는, 자연에 순응하며 사는 사람들. 유대교의 유일신앙과 가톨릭의 보편적인 진리가 무슨 의미가 있을까요.

자연에 순응하며 사는 것이 가장 인간답게 사는 것이 아닐까요. 그리고 가장 종교적으로 사는 것이 아닐까 싶습니다.

가난하지만 행복해 보였습니다. 부엌에서 함께 사는 꾸노(토끼와 쥐를 교배한 햄스터 종류), 방 한 칸, 함께 식사하는 공간이 전부였습니다. 특별한 가구가 있는 것도 아니고 그야말로 최소한의 것으로 만족하며 사는 모습. 현대인들이 보기에 누추하게 보일 뿐, 누추하다거나 불편한 것을 전혀 모르는 이들에게 행복이라는 단어가 존재할까요.

행복은 서구인들이 만들어 낸 단어입니다. 문명인들이 만들어 낸 단어지만 가장 행복지수가 낮은 사람들은 누구인가요. 큰 집에서 큰 차를 타며 대기오염을 가장 많이 시키는 나라 미국, 잘 먹고 잘 사는 우리 모습이 아닌지요. 행복지수라는 단어도 모르는 이들이 가장 행복한 이유는 무엇일까요. 전기도 들어오지 않아 텔레비전도 컴퓨터도 없지만 결코 불행하지 않습니다.

마을을 떠나올 때 아이들이 배구를 하고 있었습니다. 나의 유년의 추억이 산골 마을에서 재현되고 있었습니다. 배구공 하나면 동네 아이들과 함께 놀 수 있고, 축구공 하나면 한 나절도 금방 흘러갈 겁니다. 아이들과 어울려 산토끼도 잡고 새들도 잡을 것입니다. 계곡의 골짜기에서 가재나 물고기도 잡아 불에 구워 먹을 수 있습니다. 아이들에게 자연은 놀이터입니다. 컴퓨터 게임기가

없으면 놀지 못하는 아이들보다 훨씬 행복하지 않을까요.

학교 화장실 옆에 커피나무가 숲을 이루고 있었습니다. 한 부부와 고등학생 정도의 아이가 커피 열매를 따고 있었습니다. 서구인들이 즐겨 먹는 커피는 빨갛게 익은 열매를 하나씩 따야 합니다. 한꺼번에 다 익는 열매가 아니라 날마다 익은 열매를 따야 합니다. 조금 게으르면 빨갛게 익은 열매가 새까맣게 변해 버립니다.

유럽인들이 아시아와 아프리카에 커피 묘목을 심도록 지원하는 바람에 커피값이 최고치의 30%밖에 되지 않습니다. 스무 그루에서 100달러의 열매를 딸 수 있었는데 지금은 30달러밖에 안 됩니다. 커피를 싸게 마시려는 서구인들이 노동착취를 하고 있는 것이지요. 바나나, 커피, 카카오 등 남미 대부분의 농산물도 그렇습니다.

형님이 탄 큰 말만 따라가는 내리막길은 위험하게 느껴졌지만 더 빨랐습니다. 가끔 내리막에서 약간 빠른 걸음으로 달리기도 했습니다. 내 말은 잔꾀를 잘 부렸지만 고마울 뿐입니다.

형님 뒤를 따라가면서 말이 걷는 모습을 유심히 보았습니다. 먼저 왼쪽 뒷발이 발을 내딛으면 왼쪽 앞발이 발걸음을 내딛고 다음 오른쪽 뒷발과 앞발이 움직였습니다. 한 치의 오차도 없이 일정하게 마치 뒷발이 앞발을 밀어주는 것처럼 내딛는 순간과 발을 떼는 순간이 교차했습니다. 새가 좌우로 나는 것처럼 네 발인 말도 좌우로 공평하게 내딛으며 가파른 고개를 넘어갔습니다. 말의 발걸음을 지켜보면서 우리네 세상도 좌우의 서로 다름이 공존하고 상생할 때 아름다운 세상이 됨을 깨닫게 됩니다.

해발 800m에 있는 빼까마을 가까이 이르자 상큼한 냄새가 풍겨왔습니다. 수고했다는 박수소리처럼 느껴졌습니다. 이삭이 패어 꽃술을 하얗게 달고 있는 벼포기들의 향기였지요. 고향의 논두렁 길을 달리고 있다는 착각이 들었습니다. 삼모작이 가능한 곳이라 벼 그루터기에서 새순이 자라 벼이삭이 앙상하게 달려 있었습니다. 모내기를 해서 왕성하게 자란 벼포기에서 알찬 벼이삭이 달린 것과는 대조적이었지요. 자연은 수고한 만큼의 결실을 인간에게 돌려주고 있었습니다.

인간의 예술은 유에서 유를 가공할 뿐입니다. 하지만 자연은 하느님의 위대한 전위예술입니다. 무에서 유를 창조하는 땅과 물, 공기와 햇살, 씨앗과 인간이 어우러진 전위예술이 창조되고 있었습니다. 자연이 연출하는 창조의 전위예술을 말을 타고 가로질러 가고 있는 나는 누구일까요.

7.

수녀원에서 점심 초대가 있었습니다. 참치찌개와 옥수수, 카카오와 치즈를 선물로 챙겼습니다. 김치를 담기 위해 수녀원에서 빌린 믹서도 들고 갔습니다.

당번을 맡은 수녀님이 음식을 만들고 있었습니다. 식탁에 빠빠

야가 두 개 놓여 있었습니다. 며칠 전 페루 원주민 신부에게 선물한, 먹을까 선물할까 망설였던 그 빠빠야였습니다. 나누면 그렇게 돌아오는가 봅니다. 닭고기도 뜯고 타파코에 돼지고기를 싸서 먹었습니다.

저녁에는 회장님 댁에서 사목회 임원 몇 분과 함께 간단한 송별회를 가졌습니다. 닭고기와 돼지고기, 옥수수 가루에 야채와 고기를 넣어 반죽한 것을 옥수수 잎에 싸서 찐 음식이었습니다. 처음 먹어 본 것이지만 우리 입맛에 맞았습니다.

형님이 제가 쓴 강론을 스페인어로 번역하고 저는 스페인어에 한글 발음을 적었습니다. 성당에서 무려 세 시간 동안 아이들과 청년들이 읽어 주는 대로 받아 적었습니다. 좀처럼 자신감이 생기지 않았습니다. 수녀님이 제 강론을 읽는 것이 좋겠다는 생각이 들었습니다.

미사 강론 시간, 수녀님이 제가 준비한 강론을 다 읽자 우렁찬 박수가 쏟아졌습니다. 허리를 깊이 숙여 감사인사를 드렸습니다.

그 후 세례 갱신식과 유아세례가 있었습니다. 저는 세례식을 하는 동안 신자들에게 옥향나무 가지로 성수를 뿌려 주었습니다. 말로만 듣던 신자들의 성수에 대한 신심을 생생히 느낄 수 있었습니다. 벽에 서 있는 신자들은 더 세게 많이 뿌리라고 손짓을 합니다. 어떤 아이가 자기 머리를 내밀며 뿌리라는 것이었습니다.

성가 179장 '주의 사랑 전하리'를 영성체 묵상곡으로 불렀습니다. 형님 신부는 한 소절씩 스페인어로 번역을 해 주었습니다. 우레와 같은 박수가 터져 나왔습니다.

형님 신부가 한참 동안 공지사항을 얘기하는데 박수가 쏟아졌습니다. 제가 노래한 것에 대한 감사인 줄 알고 허리를 숙여 다시 인사를 했습니다. 그 순간 봇물 터지듯 웃음이 폭발했습니다. 수줍어하자 더 웃는 신자들, 스페인어를 몰라 신자들에게 한 번 더 웃음을 선물할 수 있다는 것에 감사드리지 않을 수 없었습니다.

마지막으로 하고 싶은 말이 있냐고 형님이 물었습니다.

"찬미예수님! 사랑합니다. 저는 이곳에서 한 달을 지내면서 마치 30년 전 고향에 와 있다는 착각 속에서 살았습니다. 여러분은 참 행복한 분들입니다. 여러분이 벗어나고 싶은 가난, 힘든 노동 안에 행복이 있습니다. 저는 여러분이 동경하는 캐나다에서 3년 반을 살았고, 미국, 유럽, 멕시코, 쿠바까지 다녀왔습니다. 그러나 그들이 행복하다고 결코 말할 수 없습니다. 여러분이 지금 살고 있는 삶을 30년 전에 살았습니다. 지금 여러분이 동경하는 곳에서 살고 있지만 여러분보다 결코 행복하다고 말할 수 없습니다.

저는 여러분이 가난에서 벗어나고 커피나 카카오 열매를 따는 힘든 노동의 대가를 정당하게 받기를 희망합니다. 여러분이 동경하는 부유한 삶이 되기를 진정으로 기도합니다. 그러나 우리가 겪었던 시행착오를 겪지 않았으면 좋겠습니다. 우리는 잘 살게 되면서 너무 많은 것을 잃어버렸습니다. 신앙과 가정의 소중함, 문화와

전통, 형제간의 우애, 친척간의 왕래, 이웃과 더불어 사는 삶, 공동체의 소중함들을 잃어버렸습니다. 여러분은 저희들처럼 잘 살게 되더라도 좋은 것들을 지켰으면 좋겠습니다.

저는 여러분의 가난한 생활, 힘든 노동 안에서 하느님과 예수님을 만날 수 있었습니다. 그래서 저는 여러분에게 감사드리고 싶습니다. 감사합니다. 사랑합니다."

미사가 끝나자 성수를 떠가기 위해 벌떼처럼 몰려왔습니다. 다시 한 번 성수에 대한 신심을 알 수 있었습니다. 스무 말 정도가 들어가는 큰 통 앞이 순식간에 장사진을 이루었습니다.

독서대 쪽에서는 막내 수녀님이 학생들과 함께 부활의 기쁨을 나누는 노래를 하고 있었습니다. 북과 탬버린으로 흥을 돋우고 있었습니다. 저는 자연스럽게 예정된 것처럼 의자 위로 올라가 탬버린을 받아들고 춤을 추었습니다. 마치 원맨쇼를 보는 것처럼 신자들이 박수를 치며 즐거워했습니다. 신부가 신명나게 춤을 추는 것을 처음 보는 듯한 신기한 눈빛들이 집중되었습니다.

저는 흥을 돋우기 위해 의자에서 내려왔습니다. 성당 안을 돌면서 할머니 할아버지, 아버지 어머니 같은 분들과 청년과 아이들까지 마주치는 대로 어깨나 몸에 탬버린을 치며 흥을 돋우었습니다. 할머니 수녀님 어깨에도 탬버린 몇 박자가 돌아갔습니다.

30분 정도 흘렀을까요. 더 이상 탬버린을 칠 수 없을 만큼 왼손과 오른손이 아팠습니다. 자연스럽게 부활 축제는 막을 내렸습니다. 성당 밖에서는 신자들이 가져온 음식과 커피를 나누고 있었습니다. 참으로 사람 사는 풍경이 성찬식처럼 펼쳐지고 있었습니다. 내일 떠나는 것이 서운한 듯 신자들이 사진을 찍자고 찾아왔습니다.

땀에 젖은 옷을 벗으려고 사제관으로 갔습니다. 이미 사목회 임원들이 사제관 토방에 앉아 있었습니다. 곧 맥주 박스가 들어왔습니다. 냉동실에서 육포와 멸치를 꺼냈습니다. 맥주 한 잔씩 모두 따라 드렸습니다.

부활 축제가 끝나고 혼자 사제관에 들어올 때가 사제에게 힘든 시간인데 신자들이 와 주었습니다. 고맙고 감사하지 않을 수 없습니다. 소나기가 내려 형님 신부 방으로 자리를 옮겼습니다.

"신부님이 가신다고 하니까 하늘이 슬퍼서 비를 내리는가 봅니다."

내일 미사를 마치고 비행기 시간 때문에 곧장 출발해야 하는데 걱정이 앞섭니다. 할머니나 어머니들이 눈물을 흘리면 어떡하지. 눈물에 눈물을 보탤 수 있다는 것은 은총이 아닐까요.

사랑의 집
-
마돈나
하우스

시골에서 천국처럼

– 성직자 · 평신도 공동체 마돈나하우스

1.

언젠가 한 번은 가서 살아보고 싶은 곳이 있었습니다. 내 마음을 끌어당기는 곳은 가난한 삶 속에서 가난한 이들을 돕는 생활이었습니다. 해외 공동체 연수를 희망한 것도 이곳 때문이었습니다. 네 차례 몇 시간 방문하고 돌아간 것이 전부였습니다. 마돈나하우스를 생각하면 떠오르는 것은 판자 두 개를 겹쳐 만든 볼품없는 십자가의 길입니다.

최근 이곳에 한국인들이 자주 방문합니다. 지금 이곳에는 봉헌자 세 명과 방문자 세 명이 살고 있습니다. 5년째 이곳에서 살고 있는 자매님에게 필요한 것이 뭐냐고 전화로 물었습니다. 라면을 외국인들도 좋아한다며 넉넉하게 사 왔으면 좋겠다고 합니다.

라면을 사려고 한국 마켓에 갔습니다. 외출하기 위해 자동차로 향하다가 저를 발견한 형제님이 반갑게 맞아 주었습니다.

"알공퀸 파크 근처의 마돈나하우스 공동체에 가서 한 달 정도 살아야 하는데 라면이 필요하다고 해서 왔습니다."

"신부님, 저희들이 크게 후원은 못 해도 라면 정도는 후원해 드리겠습니다. 혹시 더 필요한 것은 없습니까?"

사발면 아홉 상자를 차에 실어 주며 환하게 웃은 형제님의 얼굴에서 나누는 기쁨이 얼마나 큰지 금방 알아차릴 수 있었습니다.

라면을 차에 싣고 고추장, 된장, 도라지, 박나물, 멸치, 다시마, 쥐포와 오징어까지 카트에 실었습니다. 카운터에서 배추, 무 한 상자씩 더 샀습니다. 자동차 트렁크는 물론 운전수 옆 좌석까지 가득 찼습니다.

옆 마을이 고향인 어머님이 아침 일찍 준비한 김밥을 싣고 피터보로로 향했습니다. 아우 신부에게 들러 녹차 한 잔 대접을 받고 서둘러 일어났습니다.

호수가 피워 올리는 연푸른 물감이 산 정상까지 물들어 가고 있었습니다. 갓 피어난 붉은 잎, 연푸른 잎, 녹색 잎들이 마치 가을 단풍처럼 아름다웠습니다. 호수와 연푸른 나뭇잎과 파란 하늘이 저절로 콧노래를 흘러나오게 했습니다.

호숫가에 자동차를 세워 놓고 부모님 같은 형제자매님과 민들레 꽃밭에 앉아 김밥과 체리로 점심을 먹었습니다. 파란 호수에 작은 배 세 척이 평화롭게 떠 있습니다. 부모님 모시고 소풍 나온 우리 일행처럼 정겹습니다.

네 시간을 운전해서 오후 1시 30경에 도착했습니다. 만나는 사람마다 다가와 인사를 건넸습니다. 들꽃처럼 순수한 미소와 밝은 인사말에서 마돈나하우스의 평온함의 깊이를 알 수 있었습니다. 화단에서 무릎을 꿇고 풀을 매는 자매님, 도네이션 창고에서 물건을 정리하는 형제님, 잠시 일손을 멈추고 산책을 하는 자매님, 모두 천사들처럼 다가왔습니다.

고사리와 고비가 즐비한 숲길을 지나 작은 섬에 자리한 동방정교회 양식의 성당으로 갔습니다. 감실은 신성한 곳이기에 제대 뒤쪽에 커튼으로 가려져 있고, 제단 위에는 12사도의 이콘이 나란히 걸려 있었습니다. 마룻바닥에 나무로 만든 긴 의자 몇 개가 놓여 있었습니다. 한 자매님이 미사 준비를 하다가 우리에게 다가와 인사를 했습니다.

컴버미어 성모님이 계신 동산으로 갔습니다. 바람에 날리는 베일과 옷자락이 우리를 사랑하시기 위해 바쁜 성모님을 인상적으로 표현했습니다. 소나무 숲 사이로 비치는 햇살이 신비로움을 더해 주었습니다.

론 신부님의 차를 타고 사제 숙소에 도착했습니다. 서쪽을 향해 열린 유리창으로 연푸른 숲이 눈에 들어왔습니다. 고요한 방에서 바람 한 점 없는 고요한 숲이 올리는 묵언의 기도를 보는 것만

같았습니다. 자동차 소리는 물론이고 새소리도 들리지 않는 적막 강산입니다. 침묵 속에서만 알아들을 수 있는 절대자의 음성이 멀리서 손짓하며 걸어오는 것만 같았습니다. 내면의 소리를 잘 들을 수 있는 은총의 시간이 되기를….

멕시코의 후안 디에고에게 나타난 과달루페 성모님이 저를 반겨 주셨습니다. 인디언 처녀의 모습으로 발현하신 가난한 성모님, 가르마와 이마에 평화의 상징인 비둘기가 박힌 성모님은 제가 사랑하는 성모님이었습니다. 마돈나하우스에 머무는 동안 가난한 이들 안에서 가난한 삶으로 일생을 봉헌할 수 있는 음성을 들을 수 있는 은총이 함께 하길….

인자한 아버님 같은 제리 신부님의 차를 타고 5시 15분 미사에 참여했습니다. 마룻바닥에 앉아 기도하는 형제자매님들과 함께 드리는 미사, 천상의 소리처럼 맑은 성가는 맑은 숲속 요정들의 합창처럼 느껴졌습니다.

감자와 토마토와 참치로 만든 스프, 어린 콩까두리 볶은 것과 보리빵. 간단한 저녁식사가 넉넉함으로 충만해지는 것은 왜일까요.

2.

천주교 신자들은 왜 십자성호를 그을까요. 입으로만 할 수도 있는데 왜 이마와 가슴과 두 어깨를 찍으며 십자성호를 긋는 것일까요. 기도는 작은 행동으로부터 시작되는 것임을 암시하는 것은 아닐까요. 머리로 생각하고 가슴에 담고 두 팔로 옮기라는 묵시적인 뜻이 아닐까요.

지치지 않고 생명과 평화의 소명을 불사를 수는 없는 것일까요. 생명과 평화의 소명을 받은 사람들이 어디에서 영적인 힘을 얻을 수 있을까요. 하느님일까요, 예수님일까요? 생명과 평화, 그 소명을 예수님처럼 성인들처럼 열정적으로 지속시킬 수는 없을까요. 그러한 영적인 힘을 받을 수 있는 집, 그 소명을 되새김질할 수 있는 장소는 없을까요. 그런 곳이 없다고 하더라도 그런 소명을 계속 태울 수 있는 영적인 힘을 얻을 수 있는 그 무엇이 있다면 얼마나 감사해야 할까요.

이곳까지 저를 부르신 하느님, 사랑과 가난, 생명과 평화의 소명을 지치지 않고 불사를 수 있는 길을 보여 주시기 위해 부르신 것이 아닐까요. 심장과 가슴, 마음과 영혼이 두근거리고 있습니다.

마돈나하우스에는 동네 성당이 자리하고 있습니다. 그 성당에는 작은 공동묘지가 있습니다. 30여 명의 영혼이 잠들어 있습니다. 대리석 비석 사이에 나무 두 개를 포개어 만든 나무십자가가 있습니다. 여덟 개의 나무 십자가 무덤 뒷줄 두 번째에 창시자 캐서린 도허티가 묻혀 있습니다. 마치 막달라 마리아가 예수님의 발 아래 엎드려 기도하는 것처럼 나무십자가 아래 잠들어 있습니다.

창시자의 일생처럼 가난하게 서 있는 나무십자가에 새겨진 글귀가 저를 사로잡았습니다.

"She loved The poor."

죽음도 장식이 필요한 시대, 나무십자가는 그 어떤 화려한 무덤보다 더 눈부시게 찬란하고, 그 어떤 피라밋보다 웅장하게 가슴에 다가왔습니다. 더 깊은 침묵이 흐르고 더 높은 경애심이 솟아올랐습니다.

캐서린 여사가 삼위일체 신비에 대해 말씀하셨습니다. 신비로운 삼위일체에 너무도 큰 감명을 받은 두 자매는 설거지하는 것도 잊고서 삼위일체에 대해 오랜 시간 이야기를 나누고 있었습니다. 캐서린 여사가 물었습니다.

"지금 뭘하고 있습니까?"

"지금 말씀하신 삼위일체에 대해 대화를 나누고 있습니다."

"지금 삼위일체는 창문을 뚫고 날아갔습니다. 두 자매님이 설거지를 시작하면 곧바로 당신의 심장 안으로 들어오실 것입니다."

티타임에 이층 다락방에 올라가 기도하는 형제가 있었습니다. 캐서린 여사는 다락방에 올라갔습니다.

"지금 뭘하고 있습니까?"

"보시다시피 예수님을 만나고 있습니다."

"지금 여기에는 예수님이 계시지 않습니다. 아래층에 있는 형제자매님들 속에 계십니다. 지금 아래층으로 내려가십시오. 형제자매님의 눈빛과 얼굴과 이야기 속에 살아 계시는 예수님을 만나십시오. 하느님은 순간순간 충실한 삶 속에 사람들 속에 자연 속에 살아 계십니다."

3.

푸스띠니아 영혼의 사막에서 기도 중인 신부님의 차를 타고 저녁미사에 갔습니다. 침묵과 기도의 영혼의 사막에서 하느님의 목소리를 듣고 계시는 신부님의 침묵을 유지할 수 있도록 당신의 푸스띠니아를 위해 기도하고 있다는 인사말만 건넸습니다. 말을 하지 않으니 정신이 시선으로 집중되었습니다.

페달을 밟고 있는 신부님의 무릎으로 시선이 옮아 갔습니다. 탁구공만하게 무릎이 해져 연하게 살빛이 돋아나고 있었습니다. 그 살빛을 타고 오르는 시선이 숫자에 멈추었습니다. 주행거리가 172만km였습니다. 18년 세월의 무게를 달려온 숫자가 그처럼 아름답게 보이긴 처음이었습니다. 세월은 흘러도 변하지 않는 '청빈'의 진리가 침묵의 선율을 타고 제 영혼에 깊은 울림으로 저장되고 있었습니다.

자본과 편리, 소비와 향락의 수렁 속으로 질주하고 있는 미국, 어떻게 20년 가까이 한 자동차를 탈 수 있을까요. 그것은 시대의 흐름도 역행할 수 있는 청빈의 진리 때문이 아닐까요.

영성에 굶주린 시대에 청빈의 향기를 통해 하느님의 사랑의 불길을 태우는, 강한 하느님 사랑의 영으로 인류에 새로운 빛을 전하는 마돈나하우스에서 청빈은 생활 그 자체입니다. 시골에서 청빈한 음식과 옷, 도네이션을 받은 자동차와 허름한 침대와 가구들, 마음의 청빈까지 몸에 밴 덕입니다.

한국 자매님 세 명은 세탁소 소임을 맡았습니다. 어제 점심식사 후 책을 구입하고 성당에 가기 전에 세탁소에 들러 인삼차 대접을 받았습니다. 긴 작업대 위에 양말들이 짝이 맞추어지길 기다리고 있었습니다. 목이 늘어질 대로 늘어진 양말에서 칼날처럼 날이 선 청빈의 향기가 빛나고 있었습니다.

뒷꿈치 부분이 곧 두 동강이 날 양말을 들고 구멍난 부분을 이어주듯 자매님이 애잔하게 말을 깁습니다.

"여러 차례 수선을 했는데 이제는 더 이상 방법이 없네요. 미안하지만 이름표는 떼서 보관하고 쓰레기통에 버려야겠어요."

"청빈은 근천의 지경까지 가면 안 되는데…."

지금 생각하니 '청빈'의 덕을 지키려고 최선을 다하는 마음을 헤아리지 못했다는 죄송한 마음이 들었습니다.

'근천의 지경까지 갈 때서야' 비로소 청빈의 덕이 몸에 밴다는 생각과 함께 추억 하나가 떠올랐습니다. 신학생 시절 아름다운 기억이 연푸른 숲 사이로 걸어나왔습니다. 엉덩이가 해진 팬티를 빨래방에서 두 번이나 수선해서 입었던 까마득한 추억이었습니다.

4.

사랑은 있는 그대로를 받아 주는 것이 아닐까요?

점심시간에 은퇴하신 동방교회 주교님이 메인 하우스에 점심식사를 하러 오신 것을 처음 보았습니다. 90도로 깊은 절을 하고 주교님 식탁으로 갔습니다. 자리에 앉아 계신 주교님은 제 머리를 끌어서 가슴에 꼭 안아 주셨습니다. 마치 손주를 안아 주시는 할아버지처럼 한참 품에 안으셨습니다. 수도원은 노령화가 되었고 50% 이상이 외국에서 파견된 신부인 캐나다에 젊은 한국 신부가 왔으니 더 그런 사랑을 주셨는지도 모릅니다. 연세 드신 신부님이나 주교님이 보시기에 이쁘장한 새끼 신부 같아서 더 그런 것 같다는 착각을 해 봅니다.

주교님은 별도로 준비된 음식을 드셨는데 식탁에 놓인 고춧가루를 한국 사람보다 더 많이 쳐서 드시는 것이었습니다. 맵지 않을까 걱정할 정도로 매운 음식을 좋아하셨습니다.

"주교님, 한국 김치 좋아하세요?"

"아직 한 번도 먹어 보지 못했는데…."

김치를 드릴까 말까 망설였습니다. 일어나 주방에서 접시와 포크를 들고 지하 주방으로 내려갔습니다. 민들레, 배추, 무 김치를 조금씩 접시에 담았습니다. 혹시 매울까 김치 국물에 씻어서 조심스럽게 옮겼습니다.

접시를 주교님 옆에 놓아 드렸습니다. 다이어트를 해야 하니까

양배추는 드실 수 없다고 하셔서 깍두기를 하나 접시에 놓아 드렸습니다. 치아가 좋지 않아 깍두기를 드실까 생각했는데 맛있다는 것이었습니다. 잠시 후 민들레 김치를 하나 놓아 드렸습니다. 다음에 배추김치 한 쪽을 드리려 하자 고개를 저으셨습니다.

식탁에 김치가 있으니 행복했습니다. 그런데 그 행복도 잠시였습니다. 5년째 살고 있는 자매님이 저를 찾아왔습니다.

"신부님, 이곳은 한국과 달라요. 지금 주교님은 지병으로 짜거나 매운 음식을 드시면 안 돼요. 주교님께 김치 드리지 말라고

신부님께 말씀드리라고 해서 왔어요. 어른에게 좋은 것을 드리고 싶은 한국의 정서와 이곳은 달라요."

"그래요. 알았어요. 미안해요."

매운 것을 잘 드시고 한국 사람에게 관심을 많이 가지고 계신 주교님이라 어른을 공경하는 마음으로 드린 김치 몇 점이 점심식사 중에 와서 이야기를 할 정도로 크게 잘못된 건가? 문화의 차이가 이렇게 심할 수 있을까? 무언가가 뒷통수를 강타하고 지나간 듯한 느낌이었습니다.

영적 독서시간에 주교님의 성령강림에 대한 훈화가 있었습니다.

"성부 성자 성령이 한 몸을 이룬다는 것을 깨닫게 해 주시는 영이 성령입니다. 성령은 우리 모두를 하나로 일치시킵니다. 전세계에 흩어진 모든 나무와 새들과 꽃들이 하나의 공기를 마시듯이 성령은 우리를 하나되게 합니다. 러시아인이든 중국인이든 한국인이든 캐나다인이든 한 지구에 살아가듯이 모든 인류는 한 가족입니다. 성령은 한 우주, 한 지구, 한 가족이 되게 만들어 줍니다. 예수님의 빵을 나누어 먹는 것처럼 우리 모두는 한 가족입니다."

지하 주방일을 마치고 1층 작은 도서관 창가로 갔습니다. 석양이 진 뒤에 하늘과 강과 숲의 경계가 신비로운 남색 빛으로 변해가고 있었습니다. '이곳이 천국이구나' 하는 생각이 입안에 맴돌았습니다.

디지털카메라를 들고 강가로 나가는데 주방 입구에서 세 자매가 대화를 나누고 있었습니다. 저녁 인사를 주고받았습니다.

"밖의 풍경이 천국 같아요."

"예, 천국 같지요."

"그럼 이 안은 어떤 곳이지요?"

순간적으로 어떻게 말을 해야 할지 당황했습니다.

활짝 웃으며 장난기 섞인 말투로 말을 받으며 도망치듯 망사문을 열었습니다.

"It's same."

망사문을 통과한 웃음소리가 강가로 뛰어들어갑니다.

생메리 성당에서 떼제 예식이 있어 강가 아스팔트를 걸어갑니다. 노을 진 강가의 한가로움과 신비스러움이 평화 그 자체로 와 닿았습니다.

제대 아래 의자도 없고 카펫만 깔린 중앙에는 벌써 양반자세로 십여 명이 앉아 있었습니다. 작은 초가 봉헌될 모래판 주위에 형형색색의 초들이 십자가를 중심으로 장식되어 있었습니다.

떼제 기도가 시작되자 신부님과 여러 형제자매님이 독서와 복음을 몇 차례 읽고 사이사이에 떼제 노래를 불렀습니다. 은은한 전등 불빛에 촛불 심지마저도 넘실거리게 클래식 기타와 플루트가 연주됩니다. 천상의 소리처럼 선창을 하면 함께 부르는 노래는 각

사람마다 천상의 소리가 메아리쳐 울려 나오는 소리 같았습니다. 공간을 뛰어넘어 프랑스 떼제 공동체에 와 있는 듯한 착각이 들었습니다. 강물처럼 흐르는 클래식과 플루트의 합주에 독창으로 부르는 떼제 노래에 영혼이 천상으로….

5.

메인 하우스에 도착해서 김치와 라면을 차에 싣고 농장으로 향합니다. 폴란드 신부님과 캐나디안 형제자매와 한국 자매 네 명과 소풍을 갔습니다. 목장에 도착해서 양 우리로 먼저 갔습니다. 어미 양이 우리 쪽을 향해 엉덩이를 흔들었습니다. 그 모습을 흉내냈더니 한바탕 웃음이 폭발했습니다. 웃음소리에 놀란 양들이 우리 밖으로 서둘러 나갑니다.

언제나 침묵하며 바람 소리, 새소리를 들으며 홀로 기도하는 작은 집이 우리를 기다리고 있었습니다. 침묵, 단식, 기도의 집인 영혼의 사막인 푸스띠니아가 있었습니다. 늘 문이 열려 있는 푸스띠니아, 큰 사람이 누우면 발 끝이 침대 밖으로 나오는 작은 나무침대와 나무로 된 책상과 의자, 작은 창문 하나, 작은 세면기 하나가 전부였습니다.

하늘과 맞닿은 언덕 꼭대기에 있는 오두막, 이곳에 찾아와 앉아 있으면 침묵 속에서 말씀하시는 하느님의 사랑을 들을 수 있을 것 같았습니다. 하느님은 가난한 거처를 좋아하시는가 봅니다.

마음이 가난한 자는 행복하다는 산상수훈을 설교하신 예수님이 머물고 계시는 오두막처럼, 마음이 가난하면 물질적으로도 가난해지는 가난을 첫 번째 소명으로 여겼던 캐서린 자매님의 영성이 하늘과 맞닿은 작은 오두막에 무릎을 꿇고 있었습니다.

산에서 내려와 컵라면을 준비했습니다. 민들레와 배추김치가 정말 맛있게 익었습니다. 컵라면 13개에 물을 부었습니다. 로매니 상추를 손으로 찢어서 라면에 넣었습니다. 캐나디안 형제는 컵라면 하나를 금세 해치우고 다시 하나를 먹었습니다. 한국 사람보다 더 빨리 먹는 것이 신기했습니다. 양들을 보고 언덕에 올라가서 푸스띠니아에서 잠시 머물다가 내려와 먹는, 그 라면 맛이 천국의 맛이었습니다. 후식으로 먹은 아이스크림이야말로 천국의 맛 그대로 달콤했습니다.

"신부님, 감사해요."

"나 감 사 온 일 없는데."

웃음이 헤픈 자매님이 한바탕 웃었습니다.

"신부님이 손수 김치도 담그시고 컵라면도 가져오셨잖아요."

"모두 이곳에 입회해서 사는 자매님 덕이에요. 한국 자매님이 없었다면 제가 이곳을 알지도 못했을 거예요."

저녁기도는 생메리 성당에서 함께 드렸습니다. 기도를 마치고 나오자 한국 자매님이 다가왔습니다.

"신부님 인기가 좋은가 봐요. 이곳 생메리 공동체에서 저녁을
초대하겠대요."

"예, 알아요. 기도 전에 들었어요."

"마돈나하우스 회원들이 한국 사람들에게 관심을 많이 가지고
있어요. 한국 자매님들이 너무 좋아요."

"우리 모두는 다 예수님이에요. 모자이크 아시지요. 여러 돌조
각이 어우러져 아름다운 그림을 만들어요. 우리는 모두 하나의 돌
조각이에요. 우리 모두를 합쳐 놓으면 예수님이 되니까요."

6.

내 마음과 영혼만큼 화창한 날씨입니다. 그동안 잘 먹고 잘 자고 책 보고 기도하고, 행복한 휴식시간이었습니다.

점심식사를 하고 오후에는 일을 해야겠다고 신부님에게 여쭈었더니 평신도 책임자를 소개시켜 주었습니다. 성직자와 평신도의 차이가 없습니다. 일의 책임에 따라 움직이는 위계질서가 잘 지켜지고 있었습니다.

폴 신부님과 함께 덤프트럭에 탔습니다. 메인 하우스에서 15분 거리에 있는 농장 근처의 야적장으로 갔습니다. 장작이 작은 언덕처럼 널려 있었습니다. 덤프트럭에 나무를 싣기 시작했습니다. 블랙 플라이가 얼굴과 목덜미를 물었습니다. 한 번도 쉬지 않고 한 시간 가량을 장작을 트럭에 던졌습니다. 장작을 던지면서 치과의사였던 폴 신부님에 대한 이야기가 블랙 플라이처럼 머릿속에서 윙윙거렸습니다.

초등학교 시절 성당에 가서 미사를 드리는데, 신부님이 너무 멋지고 존경스러웠다고 합니다. 나도 신부가 되었으면 좋겠다, 마음속으로 생각했는데 '너도 신부가 될 거야'라는 인자한 음성이 속삭이듯 들려왔다고 합니다.

그러나 고등학교를 진학하고 치과대학에 다니면서 신부가 되겠다는 생각을 까마득히 잊어버렸습니다. 치과의사가 되어 돈도 벌고 결혼할 사람과 동거를 하며 행복한 나날을 보냈습니다. 그런데

동거하던 여인의 배신으로 방황을 하게 되었다고 합니다. 파티에 가서 신나게 춤을 추는데 귓속에서 '이제 신부가 되어야 해' 하는 소리가 들려왔다고 합니다.

하느님의 부르심에 반항하듯 라스베이거스로 가서 도박 생활을 즐겼습니다. 신학교에 가기 싫어 술과 도박에 빠졌는데 다시 귓속에서 껄껄껄 웃은 소리가 들려왔다는 것입니다. 성소를 피해 도망가서 세상적으로 사는 모습이 귀엽게 보였던 하느님의 웃음소리처럼 들려왔다는 것이었습니다. 하느님의 부르심에 못박힌 자리로 다시 돌아왔습니다.

덤프트럭에 장작이 쌓이는 만큼 인간적인 의문도 쌓여 갔습니다. 치과의사면 세상적으로도 부러울 게 없지 않는가. 도끼로 나무를 패고 덤프트럭에 싣고 쌓는 막노동을 하면서 때로는 갈등을 하지 않았을까. 아무도 알아주지 않는 시골에 처박혀 답답하지 않았을까. 하느님의 부르심은 치과의사도 쓰레기처럼 여길 수 있는 것일까.

의문이 쌓이면 쌓일수록 일상의 작은 일들을 즐겁게 하는 마돈나하우스 식구들의 모습이 더 거룩하게 보였습니다. 천국은 마음속에 있다는 것을 다시금 생각하게 됩니다.

7.

당신은 어떤 집을 가지고 있습니까? 30평 아파트입니까, 20평 전셋집입니까, 70평 빌라입니까, 10평 사글셋방입니까? 여러분은 지금 행복합니까? 70평 빌라에 살아서 행복합니까? 집값이 두 배로 뛰어서 행복합니까? 그러나 당신의 집은 영원한 집이 아닙니다. 당신의 삶과 함께 언젠가는 무너질 집입니다.

누가 사막에 집을 지을까요? 물 한 모금 나오지 않는 모래땅에 화려한 별장을 짓겠습니까? 여기서 말하는 사막의 집은 눈에 보이지 않는 마음의 집, 영혼의 집을 말합니다. 오로지 혼자만이 들어갈 수 있는 집, 다른 사람은 들어갈 수 없는, 자기만의 집입니다.

이 집이 어떤 집인지 아무도 모릅니다. 그 집은 매번 다른 집이 될 수 있으니까요. 미지의 집이지요. 산에 오르다 보면 숲이 우거져 하늘이 보이지 않는 오솔길을 갈 때가 있습니다. 더욱이 90도로 휘어진 길을 돌아갈 때 앞에 어떤 풍경이 펼쳐질지 아무도 모릅니다. 길을 돌아서 가봐야 알 수 있습니다. 사막의 집은 바로 그런 집이지요.

그러나 여기서 말하는 집은 나 혼자 들어가는 집이면서 함께 머무는 집입니다. 그 집은 제가 머무는 집이 아니라 하느님이 머무시는 집이니까요. 그 집에 들어가서 하느님의 음성을 듣습니다. 그 음성은 천둥소리처럼 들려올 수도 있습니다. 성서말씀이 마치 예수님이 그 자리에서 들려주시는 것처럼 들려올 수 있습니다. 마치 멜로디의 음계가 머리를 통과해 나가는 것처럼 하느님의 음성이 영혼을 통과해 메아리치는 것처럼 들릴 수도 있습니다.

아니면 고장난 수도꼭지처럼 눈물이 나올 수도 있습니다. 노래가 부르고 싶기도 합니다. 춤을 추고 싶기도 합니다. 엄마 품에 잠자는 아이처럼 종일 잠을 잘 수도 있습니다. 아무도 모릅니다. 하느님의 음성은, 감미로운 사랑은 각기 다른 모습으로 오기 때문이지요.

사막의 집은 하느님의 집입니다. 그저 편안한 마음으로 성서를 읽거나 묵주기도를 드리거나 눈을 감고 그분의 음성이나 메시지를 들으면 됩니다. 아무런 느낌이 없을 수도 있습니다. 그 느낌이 먼 훗날에 올 수도 있습니다. 마치 씨가 땅에 뿌려져 언제 돋아날

지 모르는 것과 같지요.

누구나 사막의 집 한 채씩 지니고 살지요. 그러나 일생동안 그러한 집에 한 번도 들어가 보지 못할 수도 있습니다. 아니. 그러한 집이 있는지도 모르고 일생을 마치는 사람들도 있습니다. 그러나 사막의 집이 있고 없고, 그 집에 들어가고 안 들어가고는 중요하지 않습니다. 사막의 집을 몰라도, 그 집에 한 번도 들어가지 않았어도 일생을 사막의 집에서 사는 사람처럼 희생과 봉사로 사는 사람이 있습니다. 하느님의 사랑의 목소리를 듣지 않았어도, 하느님의 사랑의 목소리처럼 사는 사람이 있습니다.

하느님의 음성을 들은 사람처럼 사는 것이 중요하겠지요. 하느님의 음성을 듣고도 쉽게 무너지는 인간이기에 사막의 집이 필요한 것이겠지요. 그분의 음성을 들을 수 있는 집, 영혼의 집, 사막의 집.

사막의 집, 당신의 숲속으로 걸어가려 합니다. 언제든지 문을 열고 들어갈 수 있는 당신의 방으로 가기 위해 알몸을 씻고 속옷도 갈아입었습니다. 새신랑을 맞이하는 새신부의 첫날밤 설레임이 이런 것일까요.

빵을 챙기기 위해 주방으로 갔습니다. 한국 자매님들이 맘이라고 부르는, 어머니처럼 자상한 메린 자매님이 치즈도 가져가라며 치즈통을 챙겨 주십니다.

"썩는 것이 아니라 발효가 되어야 하는 치즈처럼, 하느님 당신의 사랑으로 향기로운 치즈, 맛있는 치즈가 되고 싶다는 생각을 함께 썰어 지퍼락에 넣습니다. 모든 사람이 좋아하는 치즈로 발효될 수 있도록 당신의 사랑으로 발효시켜 주십시오."

미사 가방과 두툼한 스웨터와 물을 챙겨 주시는 아버지 같은 제리 신부님을 따라 길을 나섭니다.

"길을 잘 봐두세요. 길을 잃어버릴 수 있으니까요."

두 개의 커다란 철사망 철문을 통과했습니다. 목장의 초원을 지나 숲으로 걸어갑니다. 죽으러 가는 어린 양이 아니라 어미 품을 찾아가는 어린 양의 마음입니다.

아들을 제물로 바치라는, 그 순명의 산을 올라가는 아브라함. 산 제물이 되는 줄도 모르고 아버지의 뒤를 따라가는 이사악. 제리 신부님이 아브라함처럼 느껴집니다. 그러나 제가 가는 길은 당신 사랑의 숲속, 통나무 집인 당신의 방입니다.

"이사악을 제물로 바치라 하신 당신이시여, 저를 산 제물로 바치고 싶습니다. 당신의 아파하는 곳으로 당신이 신음하는 현장으로 언제든지 준비되어 떠날 수 있는 제 삶을 제물로 바치길 원하나이다. 당신이 가라 하시는 대로 가서 산 제물이 되고 싶습니다."

움막 같은 화장실, 통나무로 세워진 집. 당신의 집은 깊은 숲속 외딴집이었습니다. 자동차 소리는 물론이고 사람의 발자국도 드문 조금은 으슥한 집입니다. 사막, 기도, 침묵, 영혼의 방인 푸스

당신 덕분에 여기까지 왔습니다

띠니아입니다.

난로는 어떻게 피우고 관리해야 하는지, 램프 심지는 어떻게 올리고, 유리관을 어떻게 끼워 넣고 어떻게 불을 끄는지, 플래시는 들어오는지, 하나하나 점검하며 설명해 주시는 인자한 아버지 같은 제리 신부님.

하느님과 좋은 만남이 되기를 바라며 축복해 주시고 떠나시는 신부님. 그 뒷모습이 숲에 가려 보이지 않을 때까지 바라봅니다. 초야에 묻혀 소나무 한 그루처럼 묵묵히 기도하며 봉사하시는 신부님들이 계시기에 세상이 그나마 유지되는가 봅니다. 지나가는 바람이 단풍나무 푸른 잎을 흔들어 배웅합니다.

숲속 외딴 집, 사막의 집에서 첫날밤입니다. 홀로일 때 더 깊이 찾아오는 침묵, 그 침묵 속에서 알아들을 수 있는 그분의 음성, 램프불을 켜고 성서를 소리 내어 읽습니다. 혼자라는 것이 조금은 두렵고 떨렸나 봅니다. 소리 내어 성서를 읽으니 금세 두려움이 사라졌습니다.

한 시간 정도 성서를 읽다 잠시 눈을 감고 가슴에 와 닿은 성서 말씀에 머물렀습니다. 엠마오로 가던 제자들이 성서말씀을 들을 때 그 뜨거움 같은 것이 얼굴을 달아오르게 했습니다. 얼마나 시간이 흘렀을까요. 눈을 떠 보니 성서 앞 모자상 안의 성모님이 웃으며 저를 바라봅니다. 성모님과 함께 고통의 신비 묵주기도를

바칩니다.

어머니 품처럼 평온함이 찾아왔습니다. 성서를 읽을 때는 장작불이 타오르는 아궁이 같았다면 성모님과 함께 바치는 묵주기도는 장작불을 땐 구들장의 아랫목 이불 속 같은 평온함이 찾아왔습니다. 사막의 집에서의 첫날밤은 성서와 묵주로 보냈습니다. 혼자일 때 고독할 때 가난한 현장에 있을 때 하느님의 현존은 모세가 체험한 '떨기나무'의 경외와 뜨거움, 평화와 평온의 은총의 시간이었습니다.

8.

눈물이 은총일까요. 새벽에 눈을 떴습니다. 캐나다 삶을 정리할 시간이 얼마 남지 않았다는 생각이 떠올랐습니다. 당신이 아파하는 곳으로 내 발을 씻기신 예수님 노래가 입가에서 맴돕니다. 또다시 눈물이 흘렀습니다. 베개에 눈물이 떨어질까 봐 얼른 손으로 훔쳤습니다.

세수를 하고 밖으로 나갔습니다. 여전히 라일락꽃은 향기를 품고 있었습니다. 성당에 들어가서 시편 기도를 하는데 이유도 없이 자꾸 눈물이 흘렀습니다. 세 번을 몰래 눈물을 훔쳤습니다. 기도서를 들고서도 멍하니 울어야 했습니다.

사랑은 하느님으로부터 옵니다. 하느님의 사랑은 통제된 사랑일까요. 하느님이 우리에게 주시고자 하시는 사랑은 허락을 받아야

182   당신 덕분에 여기까지 왔습니다

하는 것일까요. 하느님께서 우리에게 주시고자 하신 구원을 인간에게 허락을 받고 주신 것일까요.

아침식사를 하고 한국 방문자와 함께 잡채 준비를 했습니다. 양파 하나를 쓰더라도 보고를 해야 하는 곳이기에 한국 음식을 준비한다는 것이 쉽지 않았습니다. 방문자든 봉헌자든 각자 소임을 맡은 곳이 있기에 한국 음식을 함께 만드는 것이 쉽지 않았습니다.

40인분의 잡채를 만들어 자동차에 싣고 생메리 양로원으로 갔습니다. 나이 드신 분들이 많이 사는 곳이기에 잡채를 해 드리고 싶었습니다. 주방을 책임지고 있는 중국 자매님이 무척 좋아했습니다. 한국 자매님에게 꼭 잡채 만드는 방법을 알려 달라고 신신 당부를 했습니다.

잡채를 모두 나눠 드리고 나서 주교님이 들어오셨습니다. 고개를 숙여 인사를 드렸더니 손자처럼 머리를 쓰다듬어 주셨습니다. 점심 식사를 마치고 잠시 시간이 주어져 간단히 인사를 드렸습니다.

"저는 이곳에서 한 달을 살았는데요, 여기서 천국을 느꼈습니다. 좋은 주교님, 좋은 신부님들, 좋은 형제자매님들, 아름다운 강과 나무와 마을에서 천국을 느꼈습니다. 저는 이 천국의 기쁨을 한국으로 가져갈 것입니다. 나의 가족과 동료 신부들, 친구와 이웃들에게 이 기쁨을 전해 주고 싶습니다. 천국을 보여 준 여러분의 미소와 웃음, 친절과 봉사, 모든 것에 감사드립니다. 이곳에서의 생활은 제 기억 속에 영원히 남아 있을 것입니다. 감사합니다."

다시 메인 하우스로 돌아와 110명분의 잡채를 준비해야 했습니다. 어제 갈비와 먹던 김치 생각이 났습니다. 한국 자매님들에게 뭐든 더 먹이고 싶은 마음이 통제가 되지 않았습니다. 주방 책임자에게 허락을 받고 김치볶음을 한다고 하니 한국 자매님들도 못 말린다는 듯이 말합니다.

"신부님은 일 제조기, 사랑 제조기예요."

미사시간이 얼마 남지 않아서 서둘러 당면을 삶아 찬물에 살짝 헹궈 놓고 미사에 갔습니다. 조금만 걸어도 땀이 날 정도로 더운 날씨였습니다. 가슴과 등줄기에 땀이 송글송글 맺혔습니다. 미사에는 서원식 때문에 여러 지역에서 가족들이 왔습니다.

성체를 영하고 제의실로 먼저 퇴장했습니다. 주방으로 가 보니 벌써 도와줄 자매님과 형제님이 도착해 있었습니다. 잡채를 큰 양은 함박에 넣고 형제와 둘이서 버무렸습니다. 뷔페 식단이라 중간 함지박에 잡채를 담고 계란 지단을 뿌려 장식했습니다.

사람들이 벌써 줄을 서 있었습니다. 큰 포크와 가위로 잡채를 나눠 드렸습니다. 고구마로 만든 누들이라고 하니 손으로 잡채를 집어 먹으며 엄지손가락을 세워 "베리! 베리! 딜리셔스!" 하고 감탄사를 연발합니다. 이래서 어머니가 자식을 위해 기쁘게 음식을 만드는가 봅니다. 해바라기 미소와 감탄이 영원한 행복의 세계로 달려갑니다.

부채춤에서 피어난 사랑

– 피터보로 한인순교자성당의 장애우와 은퇴 사제를 위한 잔치 한마당

오늘은 시위를 벗어난 화살처럼 다시 오지 않습니다. 오늘 최선을 다한다면 늘 오늘만 존재할 것입니다. 내일은 다가올 오늘입니다. 그러기에 오늘 할 일을 내일로 미룰 수 없습니다. 그 일이 다른 사람을 위한 일이고 사랑을 실천하는 일이라면 오늘 당장 해야 합니다.

인생은 시기하고 미워하고 비난하면서 살기에는 너무 짧습니다. 내일 사랑하겠다는 것은 오늘 사랑하지 않겠다는 삶일 수 있습니다. 그러기에 하루하루 주어진 날 최선을 다해야 합니다. 그래서 사람들이 인생은 성실함에 달려 있다고 말합니다. 하지만 우리 신앙인에게 인생은 성실 그 이상의 것입니다. 즉 무엇을 위해 하루하루를 성실하게 사느냐가 중요하다는 것입니다.

한국의 아름다운 전통 중에 죽은 사람을 산 사람처럼 모시는 전통이 있었습니다. 돌아가신 부모님의 영정을 모시고 3년 동안

아침, 점심, 저녁 식사를 준비해서 올리고 향을 피우고 큰절을 올렸습니다.

죽은 사람을 기억하는 제사 역시 모든 정성과 사랑으로 준비했습니다. 죽은 사람도 모든 정성과 사랑으로 모셨는데 살아 있는 사람은 더욱 사랑해야 하는 것이 우리의 아름다운 전통이었습니다.

캐나다 현지 장애우와 은퇴 사제를 위한 콘서트와 전통음식을 그런 아름다운 사랑으로 준비했습니다. 저희 피터보로 한인순교자성당 공동체의 모든 분께 진심으로 감사드립니다.

저희 공동체는 정이 많은 한민족의 위대함을 다시금 확인할 수 있었습니다. 우리 스스로도 놀랐습니다. '우리가 과연 이 일을 할 수 있을까?' '다들 이민자로 바쁘게 살아가는데 어떻게 시간을 낼 수 있을까?' 겁을 먹었던 것이 사실입니다. 하지만 스스로 돕는 자를 도우시는 하느님의 도우심으로 큰 감동으로 마무리되었습니다.

우리가 계획했던 만큼 많은 분들이 오지는 않았습니다. 은퇴 신부님과 본당 신부님, 수녀님들과 지역 인사들 모두 150장 정도 초청장을 보냈습니다. 또한 장애우들과 봉사자들에게도 100장 넘는 초청장을 발송했습니다.

몇 분이 함께 한 것이 중요한 것이 아닙니다. 우리가 어떤 마음으로 어떻게 준비했는가가 중요합니다. 첫술에 배부를 수 없는 것처럼 서운하지 않게 사십여 분 오셨습니다.

잔치에 초대했지만 정작 초청한 사람들이 오지 않아 시장이나 길가에 지나가는 사람들을 잔치에 초대했다는 성서말씀이 생각났습니다. 하지만 우리에게 이번 행사는 더 큰 의미가 있었습니다. 우리 한맘 어린이 무용단과 사물놀이, 특히 유스 아이들과 킹스턴 두 맹인 자매의 연주는 정말 훌륭했습니다.

캐나디안 장애우 중 한 사람은 한맘 어린이 무용단과 사물놀이가 끝나자 눈물을 닦으며 울었습니다. 아마 태어나서 그렇게 감동적인 공연과 대접을 처음 받았기 때문일 것입니다. 왜냐하면 이곳에 사는 캐나디안 중에 나이아가라 폭포를 보지 못한 사람이 생각보다 훨씬 많다는 사실에서 알 수 있습니다.

은퇴 신부님들이 넋을 잃고 아이들의 무용을 보는 모습, 특히 제임스 주교님은 춤추는 아이들이 한쪽으로 몸을 기울이면 당신도 함께 몸을 기울이셨습니다. 천진난만하게 웃고 박수를 치며 어우러지는 모습은 정말 '이곳이 천국이구나' 하는 느낌이 들었습니다.

오늘 잔치의 주인공이신 고종옥(마태오) 신부님도 무척 행복해하셨습니다. 고 마태오 신부님은 양로원에서 외롭게 지내십니다. 한맘 어린이 무용단의 바구니춤, 춘앵전, 소고춤, 꼭두각시, 아리랑, 부채춤 공연을 보고 진한 향수를 느끼셨을 겁니다.

언어도 피부도 문화의 차이도 박수와 눈물에 녹아났습니다. 킹스턴 두 맹인 자매의 아베마리아 연주를 들으며 당뇨로 눈이 멀어져 가는 고 신부님은 많이 우셨습니다. 그렇게 우는 모습을 보신

당신 덕분에 여기까지 왔습니다

제임스 주교님 역시 눈물을 닦으셨고, 수녀님들도 우셨습니다.

왜 우셨을까요. 중학생인 맹인 쌍둥이 자매는 태어나서 며칠 되지 않아 인큐베이터에서 산소과다로 눈이 멀었습니다. 정상인도 배우기 힘든 바이올린, 수많은 절망과 좌절을 극복하면서 배웠을 것입니다. 그 눈물겨운 바이올린 연주, 맹인이라는 너무도 가혹한 형벌 같은 십자가, 어린 맹인도 저렇게 온 삶으로 이웃과 하느님께 찬미와 영광을 드리는데, 나는 지금 어떤 찬미와 영광을 드리는지에 대한 참회의 눈물인지도 모릅니다.

은퇴 신부님의 외로움은 참으로 큽니다. 남은 여생을 함께 해 줄 아내도, 가끔 찾아와 희망과 위로가 되어 줄 자식도 없는 나홀로 인생, 아플 때 가장 힘이 드는 이런 것들이 은퇴 신부님의 외로움일 것입니다.

마음 같아서는 35년 동안 교포사목을 하신 고 마태오 신부님을 사제관에 모시고 함께 살고 싶지만, 당뇨 합병증으로 눈도 잘 보이지 않고 걸음도 잘 걷지 못하시고, 은퇴 사제 양로원이 더 편안하기에 붙잡을 수가 없었습니다. 몬트리올 양로원으로 돌아가시는 고 마태오 신부님과 긴 포옹을 하고 돌아서는데 행사장이 떠올랐습니다. 지금도 뒷정리를 하고 있을지 모른다는 생각에 옷을 갈아입고 행사장으로 갔습니다. 주차장은 다들 돌아가고 텅 비어 있었습니다.

새벽부터 여러 가지 점검을 하느라 아침도 먹지 못했습니다. 점심도 몇 수저 먹다 말고 제2부 초청 인사말과 공연을 진행해야 했습니다. 갑자기 시장기가 돌기 시작했습니다. 냉장고에서 방울토마토와 복숭아를 씻어 썩은 부위를 도려내고 싱크대 앞에 선 채 먹으면서 '은퇴 사제의 외로움이 이런 것이겠구나' 하는 생각이 들었습니다.

장애우와 은퇴 사제를 위한 잔치는 행사와 음식을 사랑과 정성으로 준비한 우리 모두의 잔치였습니다. 100일 전부터 반늬 성모님을 모시고 기도하며 준비했습니다. 많은 기도와 희생, 후원은 우리가 계획했던 것보다 훨씬 많았습니다. 역시 하느님은 우리에게 자비와 사랑을 넘치도록 베풀어 주셨습니다.

오! 캐나다를 마치고 마지막으로 애국가를 부르면서 모두 마음속으로 울었습니다. 캐나다에 온 지 1년 6개월인 저도 '동해물과 백두산이 마르고 닳도록' 첫 부분을 가슴이 떨려 부를 수가 없었는데 2, 30년 되신 분들은 콧날이 시큰했을 겁니다. 그 벅찬 기쁨을 주체하지 못하는 분들은 눈물을 훔치기도 했습니다. 그 벅찬 기쁨을 무엇으로 살 수 있을까요.

잔치는 끝났습니다. 잔치를 준비하면서 여러 가지 미흡하고 마음에 들지 않는 것도 있었을 것입니다. 한맘 어린이 무용단의 깜찍한 무용과 킹스턴 맹인 자매의 연주를 보면서 느꼈던 좋은 추억들만 간직했으면 좋겠습니다.

우리는 우리 것이 얼마나 소중한 것인지 어깨를 들썩이며 알았습니다. 캐나다에서 태어난 2세 자녀들에게 더 큰 의미가 있었습니다. 하느님이 우리 민족에게만 주신 고유한 노래와 춤을 다른 민족에게 나눌 수 있었습니다. 모두 스스로 돕는 자를 도우시는 하느님의 사랑과 은총입니다.

우리가 가진 모든 것은 하느님의 선물입니다. 우리가 하느님의 선물을 나눌 때 바로 이 땅에 하늘나라가 도래할 것입니다. 우리는 장애우와 은퇴 사제들과 어우러진 천국의 기쁨을 체험했습니다. 꼭두각시와 부채춤과 어우러진 박수와 웃음, 불고기와 잡채 등의 전통음식과 선물의 나눔, 맹인 자매의 아베마리아 바이올린 선율에서 흘러내린 눈물 안에 바로 천국이 있었습니다.

내
생명은
어디에서
왔는가

우주의 하느님

우주를 지으신 하느님 감사하나이다
하늘 높이 찬미하나이다
깊이 머리 숙여 경배하나이다
무릎 꿇어 오체로 흠숭하나이다
온 마음으로 우주를 받들겠나이다
어린 양처럼 순명하며 고개 숙이나이다
두 손 모아 기도하나이다
우주와 함께 일어나 사랑하겠나이다
내 모든 것 바쳐
자연과 세상, 이웃과 가족을 사랑하겠나이다
우주의 하느님.

내 생명은 어디에서 왔는가?

불교에서 말하기를 "동쪽은 나의 부모이고, 서쪽은 나의 형제자매이고, 남쪽은 나의 스승이고, 북쪽은 나의 친척"이라고 했습니다. 그런가 하면 "하늘은 내 영혼이 내려온 곳이고, 땅은 내 육체가 자리한 곳"이라고 말합니다. 이처럼 세상은 나와 연결되어 있지 않은 것이 하나도 없습니다.

그렇다면 나는 어디에서 왔을까요?

우리 생명을 키워 주는 건 부모님입니다. 그렇다면 부모님의 생명은 누가 키워 주었을까요? 할아버지와 할머니입니다. 이처럼 우리는 밥이 키워 주었다고 말하지 않습니다. 그러나 밥 없이는 하루도 살 수 없습니다.

밥은 어디에서 왔습니까? 농부가 씨를 뿌리고 하늘과 땅이 키워

　당신 덕분에 여기까지 왔습니다

준 노동에서 왔습니다. 그런데도 우리는 농부의 고마움은커녕 천한 직업으로 여기며 외면합니다. 이는 부모의 은혜를 모르는 불효 자식과 다르지 않습니다.

우주에서 생명이 존재하는 유일한 행성은 지구 하나뿐입니다. 우리를 녹색별 지구에 보내신 그 크신 사랑을 알기에, 하느님을 사랑하기 위해 노력해야 합니다. 하느님을 사랑하는 길은 하느님께서 사랑하시는 사람들, 나와 이웃을 사랑해야 합니다. 그 사랑은 단지 인간에게만 한정된 사랑이 아닙니다. 아버지인 하늘이 햇살과 비를 내리고, 어머니인 대지가 수없이 많은 생명을 키웁니다.

인간이 존재하는 것은 하늘과 땅의 모든 우주만물이 생명을 키우고 가꾸기 때문입니다. 한 방울의 물과 바람 한 자락, 한 그루 나무와 꽃 한 송이, 새 한 마리와 나비 한 마리. 이 모두가 서로 힘을 모아 생명을 키웁니다. 인간은 그 생명들 없이 단 1초도 살 수 없는 그런 존재입니다.

지구와 자연 없이는 단 하루도 살 수 없는 인간이 개발과 성장에 사로잡혀 후손들의 무덤까지 파헤치는 지구의 종말을 가져온다면 어떻게 될까요. 미래 세대까지 지속 가능한 푸른 지구를 위해 당장 무엇을 실천해야 하는 것일까요. 자연 생태계를 보존하는 일은 해도 되고 안 해도 되는 게 아닙니다. 내 생명과 후손들의 안전을 위해 반드시 꼭 해야 할 일입니다.

자연은 잠시 빌려 쓰는 것

"아이의 살결 같은 백사장은 장관이었어요. 너른 백사장과 바다에 노을이 물들면 기가 막혔지요. 그런데 그놈의 시멘트 도로가 다 망쳐 놓았어요. 주먹구구식 개발이 저지른 재앙이지요. 이러다가 자연 그대로의 섬을 다 잃어버리는 건 아닌지 걱정입니다."

선유도 비경의 으뜸인 섬과 섬을 잇는 백사장을 시멘트 도로가 가로질러 갔습니다. 그 사이 관광객은 좀 늘었지만, 그 넓던 백사장의 모래는 자꾸만 파도에 쓸려 바다로 사라졌습니다. 한순간에 너무 많은 걸 잃어버린 것 같아 차마 발길을 돌릴 수 없었습니다.

자연은 수억만 년의 신비를 간직한 보물입니다. 아무리 아둔한 자일지라도 최고의 보물을 함부로 고치거나 파헤치지는 않습니다. 국립중앙박물관에 가 보면 작품들이 창조 때의 원형 그대로 보존되어 있습니다. 색이 변하거나 조각난 것들이 있어도 애써 복원하지 않습니다. 세월을 말하려는 것이지요.

그런데 왜 인간은 마음대로 자연을 변형시키려는 걸까요? 누가 그런 권한을 인간에게 주었단 말입니까. 기억하십시오. 자연은 파괴된 부분을 원상 복귀하기 위해 파괴된 그만큼 인간에게 재앙으로 되돌려 줍니다.

우리는 말하곤 합니다, 자연은 후손에게 물려줄 가장 소중한 유산이라고. 그러나 자연은 물려줘야 할 유산이 아니라 잠시 빌려 쓰고 있을 뿐입니다. 그럼 한번 생각해 봅시다. 빌려 쓰는 사람이 자기 마음대로 해도 될까요? 오히려 이자에 이자를 붙여서 갚아야 하는 것 아닐까요?

유럽의 이야기입니다. 유럽에서는 지하수까지도 후손의 것이기에 함부로 개발하지 않습니다. 한번 파괴된 자연은 원래 모습 그대로, 단기간에 복원되지 않음을 잘 알고 있기 때문입니다.

대자연의 섭리에는 온유함이 있습니다. 부드러운 바람, 보슬보슬 내리는 비, 따스한 햇살, 솜사탕 같은 함박눈, 물 위를 떠다니는 꽃잎들. 그러나 자연은 인간에게 지진이나 태풍, 홍수 등으로 커다란 상처와 피해를 입히는 재앙이 될 수도 있습니다.

인간에게 태풍은 무섭고 두려운 비바람이지만 깊은 바닷속까지 썩지 않게 산소를 공급하고, 머큐로크롬의 원료인 석태를 해변으로 밀어내 어부들에게 덤의 수익을 안겨 줍니다. 그렇다고 좋은 것만 주는 건 아닙니다. 인간이 버린 플라스틱 병이나 스티로폼, 심지어 생리대까지, 과식한 위가 음식물을 토해 내듯 해변으로 되돌려 보냅니다.

우리가 자연을 상대로 개발과 성장의 탐욕을 멈추지 않는다면 자연도 이와 똑같은 방법으로 재앙을 멈추지 않을 것입니다. 자연은 언제나 인간이 베푼 만큼 되돌아오는 부메랑이기 때문입니다.

오늘날 지구가 처한 심각한 위기의 원인은 간단합니다. 자연을 어머니로 공경하기보다는 정복하고 소유하려는 대상으로만 여깁니다. 자연에 대한 무지와 탐욕에서 비롯된 것입니다. 스스로 위기를 자초한 셈이지요. 오래전 공존의 원리를 간파한 아메리카 원주민은 다음과 같이 기도하며 자연과 하나임을 깨닫고 조화 속에서 살았습니다.

풀님에게 기도합니다
당신을 밟고 지나가게 해 주십시오
내가 지나갈 때 당신이 고개 숙여야 할지라도
내가 죽으면 나 역시 당신의 자매가 될 것입니다.

오난다가 부족의 헌법

인디언 지도자인 오렌 리온스는 오난다가 부족 출신으로, 인디언 중에서 최초로 대학에 입학했습니다.

여름방학을 맞아 오렌이 인디언 보호구역으로 돌아오자 삼촌은 그를 데리고 낚시 여행을 떠났습니다.

호수 한가운데 도착한 삼촌이 오렌에게 물었습니다.

"오렌, 대학에서 백인들이 가르치는 걸 많이 배웠으니 예전보다 훨씬 더 똑똑해졌을 줄 안다. 해서 한 가지 물어볼 게 있는데, 넌 누구냐?"

갑작스런 삼촌의 질문에 당황한 오렌은 더듬거리며 이렇게 말했습니다.

"내가 누구냐니, 무슨 뜻이죠? 난 삼촌의 조카잖아요."

하지만 삼촌은 고개를 내저으며 똑같은 질문을 반복했습니다.

당신 덕분에 여기까지 왔습니다

오렌은 계속해서 자신은 오렌 리온스이며, 오난다가 부족 인디언이고, 인간이며, 남자라고 답했습니다. 하나 그 어떤 대답도 삼촌을 만족시켜 주지 못했습니다. 더 이상 대답할 말을 찾지 못한 오렌은 삼촌에게 자기가 누구라고 생각하느냐며 반문했습니다.

"저쪽에 있는 절벽 보이지? 오렌, 저 절벽이 바로 너야. 호수 건너편에 있는 소나무 보이지? 오렌, 그게 바로 너야. 그리고 우리가 탄 배를 떠받치고 있는 이 물이 바로 너야."

훗날 오렌 리온스를 아메리카 인디언들의 영적 지도자로 키운 건 바로 이러한 정신이었습니다. 오난다가 부족은 대지가 자신들과 한 몸이라는 것을 알고 있었기에 백인들의 파괴적인 문명으로부터 대지를 보호하기로 맹세한 사람들이었습니다. 그들은 태양과 달, 열매, 채소, 옥수수 등 모든 것에 대해 감사의 의식을 가졌습니다.

그들이 정한 '오난다가 부족 헌법'은 이렇게 시작됩니다.

"우리 오난다가 부족 주민들은 이 대지 위에 사는 다른 형제들에게 인사하고, 그들에게 감사를 드림으로써 모든 회의를 시작한다. 또한 누구나 발을 딛고 사는 땅에게도 감사의 마음을 표시해야 한다. 시냇물과 물웅덩이, 우물과 호수, 옥수수 줄기와 그 열매에게, 약초와 나무들에게, 우리에게 유익함을 주는 숲의 나무들과 자신의 몸을 인간의 양식으로 제공해 주고 가죽까지 옷으로 사용할 수 있게 해 주는 순진한 동물들에게, 큰 바람과 작은 바람들에게, 천둥과 비에게, 위대한 전사인 태양과 달에게, 하늘 저편에 머물면서 인간에게 필요한 모든 것을 주는 건강과 생명의 근원인 위대한 정령의 심부름꾼들에게 감사 인사를 드려야 한다. 그런 다음에 비로소 오난다가 부족 주민들은 회의를 시작할 수 있다."

오직 인간의 권리만을 명시한 현대인들의 헌법과는 차원이 달라도 너무 다릅니다. 자못 숙연해지까지 합니다.

인디언 여인들이 부르는 나바호족 노래입니다.

나는 땅 끝까지 가 보았네
물이 있는 곳 끝까지도 가 보았네
나는 하늘 끝까지 가 보았네
산 끝까지도 가 보았네
하지만 나와 연결되어 있지 않은 것은
하나도 발견할 수 없었네.

인간과 자연이 공존하는 아름다운 지구를 위해 애쓰는 어른들과 공동체에서 그 답을 찾습니다. 늦었지만 우리가 이미 알고 있는 그 길을 이제부터라도 함께 가고자 합니다.

누가 철새들의 군무를 훼방 놓는가

쿵쾅거리는 가슴을 어쩌지 못해 카메라를 어깨에 메고 달리기 시작했습니다.

노을이 강에서 출렁이듯 철새들이 하늘을 출렁이며 집단 공중비행을 합니다. 마치 자석에 빨려 들어가는 쇳가루처럼 황홀한 군무가 펼쳐지고 있습니다.

뒤이어 철새들은 거대한 원을 그리며 빙글빙글 부채춤을 춥니다. 경쾌한 음악에 맞추어 매스게임을 하는 것 같고, 바람에 날리는 연기의 형상을 만들어 내기도 했습니다. 여러 모형을 그렸다가 이내 사라지는가 하면, 마치 어깨동무를 한 것처럼 한 줄로 일제히 날던 중 카드섹션처럼 순식간에 바뀌었습니다. 한 번도 손을 맞춰 본 적 없는 카드섹션은 완벽한 조화였습니다. 말로는 형언할 수 없는 환상, 그 자체였습니다.

쌕-쌕-쌕! 수십만 마리가 한 소리로 외치는, 60만 명이 연주하는 거대한 오케스트라 합주를 보는 듯했습니다.

상상해 보십시오. 60만 마리의 가창오리들이 한 사람의 머리 위를 돌며 춤추고 노래하는 환상적인 군무를! 누가 저 위대한 합창을 멈추게 할 수 있겠습니까. 모르긴 해도 그 춤과 그 노래가 어느 날 갑자기 멈춘다면 인간의 춤과 노래도 함께 멈추고 말 것입니다. 인간의 무지와 탐욕이 철새들의 보금자리를 위협하지 않기를 간절히 바랄 뿐입니다.

자연 재앙도 해마다 그 강도가 거세지고 있습니다.

2013년 필리핀을 강타해 12,000명의 사상자를 발생시킨 슈퍼 태풍 하이옌보다 더 강력한 태풍이 매년 필리핀과 우리나라를 위협할 수도 있습니다.

이웃나라 일본과 중국에서 발생한 지진 또한 결코 남의 일이 아닙니다. 그리고 세계적으로 일고 있는 기후 변화로 인해 홍수와 가뭄으로 많은 나라들이 재해를 입고 목숨을 잃었습니다. 머지않아 하룻밤 사이 서울과 평양에 물폭탄을 퍼부을 수도 있습니다.

남극과 북극의 빙하가 위험하다고 합니다. 2015년을 이야기하는 사람도 있습니다. 그런데도 우리는 몇백 년 후에나 일어날 것처럼 뒷짐을 지고 있습니다. 남극과 북극의 빙하가 녹아내려 해수면이 상승하면 그 여파로 태풍과 해일이 서해안 지역, 특히 군산, 목포 일부 지역과 아산만과 북한의 남포와 신의주 일대가 침수되고 말 것입니다.

뒤이어 난대림이 확대되고 온대림이 북상해 소나무와 비자나무 등의 침엽수림이 사라질 것이고, 고산지대를 제외한 전국에서 사과농사가 불가능하게 될 것입니다. 요즘 들어 대구, 명태 등 한류성 어종이 사라지고, 동해에서 대형 문어, 가오리, 참치 등 난류성 어종 어획이 증가하고 있다는데 눈여겨봐야 할 부분입니다.

생태계 보전은 그 어떤 가치와 이념보다 우선해야 합니다. 정의로운 사회, 전쟁이 없는 평화로운 세계, 모든 인류에게 요람에서 무덤까지 완벽한 복지가 이루어지는 세상. 다 좋습니다. 그러나 아무리 아름다운 세상일지라도 지구 위에서만 가능합니다. 인류를 위한 그 어떤 이상도(하늘나라마저도) 건강한 지구 생태계 없이는 불가능하기 때문입니다.

경제가 나날이 성장한다는 것은 성장한 만큼 지구를 더 파괴, 훼손한다는 뜻이기도 합니다. 소득증대 역시 지구의 생태계를 위협하는 한 요소입니다. 더 큰 집과 자동차, 더 큰 에어컨과 냉장고를 구입하여 소비하는 일, 지구의 온난화를 가속화시키는 일임에 분명합니다. 경제성장과 소득증대는 지금으로도 충분합니다.

인디언처럼 살기

대지의 도움 없이 존재할 수 없는 인간. 안식년 중인 나는 봄부터 흙과 함께 살고 있습니다. 하늘이 내려준 햇살과 비, 구름과 바람이 얼마나 소중한지를 깨닫는 은총의 시간입니다.

함께 일하는 식구들과 남의 땅에 있는 비닐하우스 창고를 빌려 식당으로 개조했습니다. 대지는 타는 목마름으로 먼지를 풍기는 오랜 가뭄 중입니다. 소나기 빗방울이 후두두 떨어집니다. 단비가 포도와 블루베리, 고추와 구절초의 지독한 갈증 위로 쏟아졌습니다. 비바람에 춤을 추고 있는 산딸나무 십자가꽃처럼 비를 맞으며 춤이라도 추고 싶습니다.

하늘의 선물인 비에게 감사했던 인디언처럼 감사의 춤을 추고 싶은 것이지요. 비닐하우스 식당에서 빈첸시오회 형제들이 가져온 재활용 의자에 앉았습니다. 영혼을 두드리는 빗소리에 잠시 눈을 감습니다.

인디언들은 세상만물이 우주와 연결되지 않는 것이 없으며 지구 역시 하나의 생명체라 생각했습니다. 지구의 대지는 인간을 낳고 기르는 어머니라고 공경했습니다. 명상가이며 위대한 영혼의 소유자였던 인디언들은 대지를 신성하게 여겨 농사도 짓지 않았습니다. 채집과 수렵에 의존해서 그들 스스로 자연의 일부로 절제하며 살았습니다.

그들은 한 곳에 오래 머물지 않았습니다. 오래 머물면 어머니인 대지를 오염시키기 때문에 이동생활을 했습니다. 인디언들의 삶 그 자체가 자연이었던 것입니다. 고작 200년의 자본주의가 우리 삶에서 추방시킨 가치들을 인디언들은 부족공동체의 삶으로 보여주었습니다. 소유 없이 서로 나누며 자연과 상생했습니다. 우주와 교감했던 인디언들, 그 위대한 삶은 인류의 역사 속으로 흐르고 있습니다.

우리는 행복하기 위해 바쁩니다. 그것이 미래 세대까지 이어지는 행복인지 따지지 않습니다. 그래서 강도 파헤치고 운하도 건설합니다. 인디언들의 사고로는 감히 상상할 수 없는 파괴를 부자가 되기 위해 아무런 죄책감 없이 감행합니다. 모두가 잘 살 수 있다는, 부자가 되면 행복하다는 거짓 선동에 속아 앞만 보고 달리고 있습니다. 그 길이 우리는 물론 미래 세대까지 불행의 늪으로 몰아넣는데도 말입니다.

　우리는 개발과 성장에 몰두한 만큼 행복을 빼앗겨 왔습니다. 개발과 성장이 빼앗아 간 행복을 되찾고 싶다면 우리는 결심하고 실천해야 합니다. 자연과 조화롭게 살며 서로 섬기고 나누었던 인디언의 삶의 방식으로 전환해야만 합니다.

　마음이 평화로우면 육체도 즐겁습니다. 마음의 평화는 채우기보다는 비우는 데서 옵니다. 비우는 마음의 평화는 육체의 고통이나 한계도 뛰어넘어 감사하게 만듭니다. 마음을 비워서 평화로우면 영혼도 자유롭고 인간과 자연이 더불어 평화로울 것입니다.

　인디언들의 재산은 '죽을 때 가지고 갈 수 있는 것' 들이다. 그들의 재산은 소유가 아닌 비움에 있었습니다. 돈과 자본에 찌들어 사는 영혼들은 결코 소유할 수 없는 재산입니다. 그래서 인디언들은 생일이나 성인식, 혼인이나 장례식 등의 행사가 있을 때 사람들을 초대하여 선물을 나누었습니다. 그 규모와 내용에 따라 사회적 지위와 정신적 지위를 결정했습니다.

그들의 성공 척도는 '이웃과 타인을 위해 얼마나 희생하고 나누느냐'는 것에 달려 있습니다. 포틀래치는 인디언 말로 '소비한다'는 뜻입니다. 그들의 소비는 타인을 위한 섬김과 나눔, 배려와 사랑인 것입니다.

우리의 성공은 무엇인가요. 인디언식 사고로 우리 사회에서 성공한 사람은 누구인가요. 돈과 권력이 성공의 전부가 되어 버린 듯한 우리 사회에서 누가 존경받을 사람인가요. 탈세를 해서라도 돈을 벌어야 하고, 탈법으로라도 상속을 해야 하는 사람들, 갈수록 심화되어 가고 있는 비정규직과 양극화, 돈을 더 벌기 위해 수명이 다한 핵발전소를 재가동하는 끔찍한 핵재앙 시한폭탄을 안고 사는, 3천 년 전의 인디언들의 삶보다 더 탐욕스럽고 미개하지 않는가요. 우리 사회의 소비와 성공은 상위 10%만을 살찌우는 독식과 독재가 아닌가요.

평화(平和)는 쌀(禾)이 입(口)으로 평등하게 들어간다는 뜻입니다. 모든 군중이 배불리 먹었던 오병이어의 기적에서 그러한 평화를 통찰할 수 있습니다. 독사의 족속들이라는 비난을 받았던 바리새이와 율법학자들은 오병이어의 예수님의 평화를 이해하지 못했습니다. 그들의 평화는 자기 밥그릇을 지키는 데만 급급해 있습니다. 우리 사회 기득권자들 역시 예수님의 오병이어의 평화를 알지 못하는 사람들 같습니다. 그러나 생태와 평화를 갈망하는 사람들, 예수님의 제자로 살고자 애쓰는 신앙인의 눈으로 보면 쌀이 입으로 평등하게 들어가는 오병이어의 평화를 극명하게 알 수 있습니다.

자본주의가 지겨워진 양심들은 허기를 느낍니다. 고삐 풀린 탐욕의 자본과 지칠 줄 모르는 인간의 욕망이 남긴 공허함입니다. 세계적인 불황이 덮쳤습니다. 땀방울 없는 초국적 투기자본에 의한 금융위기는 전 세계를 대공항의 늪으로 몰아넣고 있습니다. '생산과 소비'만이 살길인 것처럼 몰아간 자본주의가 초래한 참혹한 현실입니다.

자본의 이익만을 추구하는 신자유주의의 선도국인 미국에서조차 신자유주의에 반기를 들기 시작했습니다. 종전의 소비적인 삶의 방식은 더 이상 지속 가능할 수 없습니다. 대공항은 인류에게 새로운 삶의 방식을 요구하고 있습니다. 자본의 이익에만 급급했던 신자유주의가 거부했던 삶의 방식인 자연과 인간이 공생하며 서로 나누고 협력하는 공동체적인 삶이 주목받게 된 것입니다. 부와 자본, 명예와 권력이 아닌 인간과 자연, 섬김과 나눔, 공존과

당신 덕분에 여기까지 왔습니다

상생의 영적인 자유를 추구하는 삶이 그러합니다. 자급자족의 삶을 살았던 헨리 데이빗 소로가 그러한 선구자입니다.

소로는 "동물들은 먹을 것과 몸 둘 곳 이외에는 아무것도 필요로 하지 않는다"고 말했습니다. 그러나 그 누구도 인간은 먹을 것과 몸 둘 곳 이외에는 아무것도 필요하지 않다는 말을 믿지 않습니다.

하지만 하버드대학을 나온 부유한 청년 소로는 그것을 몸소 실천했습니다. 문명사회와 단절된 숲속, 그가 가장 사랑하는 월든 호숫가에서 오두막 한 채 지어놓고 자연과 동화되는 삶을 사는 데 충실했습니다. "대부분의 사치품과 생활용품 중의 많은 것들은 필요치 않은 물건일 뿐 아니라, 인간 향상에도 적극적인 방해가 되고 있다"는 것을 삶으로 보인 것입니다.

한 치의 의심도 없이 숲속에서 홀로 먹고 자고 입는 것을 해결하면서 자유를 만끽했던 그는 스스로를 '자연의 관찰자'라고 했습니다. 그의 삶에 있어 가장 중요한 것은 언제나 자연이었습니다. 자연과 조화롭게 사는 길이 인간의 길이며 진리의 길임을 증거했습니다.

그는 월든 호숫가에서 진리의 길을 찾았습니다. 소로는 월든 호숫가를 자주 걸었습니다. 그가 걸었던 길은 인류 역사와 함께 영원히 기억될 것입니다. 소로는 "사람은 그대로 내버려둘 수 있는 것이 많으면 많을수록 그만큼 더 부유해진다"고 강조했습니다. 자연 속에서 정신과 마음이 마음껏 자유를 누리며 풍부해짐을 느꼈기 때문입니다.

4대강을 파헤치는 것을 녹색성장이라고 홍보하는 이들은 알아들을 수 없는 진리입니다. 그는 물질문명이 낳은 재해에 엄중히 경고했습니다. 자연의 흐름에 몸을 맡기지 못하는 인간의 일그러진 욕심으로 인해 훼손되어 가는 자연을 가슴 아파했습니다. 자연과 조화롭게 사는 간소하고 소박한 삶에 행복이 있다는 것을 보여주었습니다. 그는 "그대가 가진 것이 많거든 대추야자나무처럼 아낌없이 주라. 그러나 가진 것이 없거든 삼나무처럼 자유인이 되라"고 간절히 애원했습니다.

그의 모든 삶은 자신이 원하는 방식으로 살아가려는 정교한 노력이었습니다. 세상이 물질적 성공이라는 하나의 목적을 향하고 있는 동안 소로는 아주 다른 곳을 향해 있었습니다. 그의 글은 동시대인들의 조롱을 뛰어넘어 스스로 영원성을 획득했습니다. "인생을 '공부만 하지 말고 처음부터 끝까지 그것을 진지하게 살아보라'는 것입니다."

그는 당대에 성공을 향해 질주하던 인간들 속에서 비켜나, 빈곤하고 누추하고 세련되지 않았지만 자연과의 조화로운 삶을 설계했습니다. 올바른 삶을 실천한 이들에게도 영향을 미쳤습니다.

　그 대표적인 인물이 간디입니다. 인간은 빠르고 세련되고 부유한 문명을 건설하기 위해 달려왔지만, 세계는 지금 환경파괴로 인한 지구온난화와 도시적 삶에 혐오를 느끼고 있습니다. 왜냐하면 그 자체가 행복과는 거리가 멀어지는 삶이기 때문입니다.

　　자신도 느끼지 못하는 사이에 어떤 정해진 길을 얼마나 쉽게 밟게 되고, 스스로를 위해 다져진 길을 만들게 되는지 그저 놀라울 따름입니다. 내가 숲속에 살기 시작한 지 일주일이 채 안 돼 내 오두막 문간에서 호수까지 내 발자국으로 인해 길이 났습니다.

　　　　　　　　　　헨리 데이빗 소로의 〈구도자에게 보낸 편지〉에서

영혼의 땅 인도

-간디 아쉬람과 데레사 수녀 발자취 순례

영혼의 땅, 인도 순례를 마치고 돌아왔습니다. 순례 목적은 간디와 그의 제자 비노바 바베, 오르빈도와 마하리쉬가 세운 아쉬람 공동체와 데레사 수녀님의 발자취를 탐방하는 것이었습니다.

인도를 알려면 첫째 카스트라는 네 부류의 신분계급을 알아야 합니다. 조선시대의 양반과 중인, 상민과 천민의 4계급과 비슷합니다. 그런데 인도에는 계급에도 포함되지 않는, 조선시대의 천민보다 더 낮은 불가촉천민이 있습니다. 사람과 접촉을 할 수 없는 계급이라고 해서 붙여진 명칭입니다.

첫 번째 공동체 방문은 위대한 영혼 마하트마 간디의 제자인 비노바 바베가 세운 '비노바지 아쉬람'이었습니다. 1916년 21세의 바베는 47세의 간디를 만나 가장 충직한 조력자가 되었습니다.

그는 스승 간디가 기회 있을 때마다 "푸나에 가서 비노바를 만나보라." "인도가 독립되는 날, 인도의 국기를 가장 먼저 게양할 사람은 비노바다"라고 할 만큼 훌륭한 제자였습니다.

당시 인도 대부분의 농지는 지주의 소유였습니다. 소작인과 지주의 소작배당은 5 : 5였습니다. 하지만 씨앗과 거름, 모든 영농자재와 노동은 소작인의 몫이었습니다. 실제 3 : 7 정도의 불공평한 소작제도였습니다. 죽으라고 농사를 지어도 돌아오는 소출은 굶어 죽지 않을 정도였습니다. 이러한 소작제도는 구조적인 사회악이었지요. 소작제도의 개선 없이 인도 민중의 희망을 말할 수 없었습니다.

비노바 바베는 인도 독립 직후 인도 전역의 지주들을 찾아다니며 토지헌납운동을 전개했습니다. "당신에게 아들 다섯이 있다면 유산을 다섯에게 골고루 나눠 줄 것이다. 당신의 땅을 부치는 소작인을 여섯째 아들로 생각하고 땅을 기부해 달라"고 호소했습니다. 20년 동안 하루도 쉬지 않고 걸어서 찾아다닌 바베의 간절한 설득에 500만ha, 영국 스코틀랜드 크기의 땅을 기부 받아 가난한 농민들에게 나누어 주었습니다.

바베는 "땅은 누구의 것도 아니다. 도대체 누가 땅을 두고 소유권을 주장할 수 있겠는가? 공기, 물, 햇빛, 숲과 산과 강, 땅은 지구의 유산이다. 그 누구도 어떤 집단도 저것들을 차지하거나 망치거나 오염시키거나 파괴해서는 안 된다. 우리는 땅의 열매를 신에게서 선물받았고 우리에게 필요치 않은 것은 다시 신에게 바쳐야 한다"고 역설했습니다. 이를 실천하기 위해 1959년 브라흐마드비야 만디르 아쉬람을 세웠습니다.

두 번째 아쉬람은 간디가 세운 세바그람 공동체였습니다. 간디는 고생만 한 아내와 함께 노년을 보내려고 세바그람으로 들어갔습니다. 길도 없던 밀림지역으로 700여 명의 불가촉천민들이 사는 마을이었습니다. 많은 추종자들이 찾아와 함께 살기를 희망했습니다. 주민과 추종자들과 함께 주변에서 구할 수 있는 나무와 흙과 소똥으로 집을 지었습니다.

　간디는 불가촉천민들과 함께 먹고 자는 것은 물론 화장실 청소
까지 했습니다. 자급자족의 꿈을 실현하기 위해 낮에는 물레를 돌
렸습니다. 간디는 불가촉천민에게 '하리잔(신의 자녀)'이라는 호
칭을 사용했습니다. 무엇보다도 일정비율의 하급공무원을 하리잔
에서 뽑도록 제도화했습니다. 물레를 돌리던 방 한쪽에 지팡이와
나막신 유품이 전시되어 있습니다. 총과 대포의 오만한 영국과 피
한 방울 흘리지 않고 승리한, 그 위대한 비폭력과 섬김의 지팡이
가 인상적이었습니다.

　간디의 생애를 축약한 '7대 사회악'은 다시 보아도 위대했습니

다. 7대 사회악을 읽어 내려가면서 뜨거운 감동을 받았습니다. 부활한 예수님과 엠마오로 걸어가는 제자들이 예수님의 말씀을 들을 때 '우리가 얼마나 뜨거운 감동을 받았던가' 하는 그 감동이 었습니다. 예수님 이후 예수님의 복음 전체를 이처럼 간결하게 요약하고 살았던 성인은 없었습니다.

1) 원칙 없는 정치   2) 노동 없는 부   3) 도덕 없는 상행위

4) 인격 없는 교육   5) 양심 없는 쾌락   6) 인간성 없는 과학

7) 희생 없는 예배

　낙뽀르에서 마더 데레사 수녀님이 사셨던 콜카타로 가기 위해 역으로 갔습니다. 오전 10시에 기차를 타서 새벽 4시에 도착하는 기차였습니다. 6시간 연착, 우리 젊은 일행들은 역 주변의 골목길을 돌아다녔습니다. 사진을 찍으라고 포즈를 취해 주는 아이들과 청년들, 아줌마와 아저씨, 할아버지 할머니들. 그 순수한 눈빛의 주민들은 타임머신을 타고 돌아간 70년대의 고향을 떠올리게 했습니다.

　두 시간 가량 이 골목 저 골목을 헤매고 다녔습니다. 어깨를 부딪쳐야 비켜갈 수 있는 골목길에서 한 할머니를 만났습니다. 마른

가지처럼 뼈만 앙상한 할머니가 무너진 지붕 아래 창문을 가리켰습니다. 너무도 아름다운 불상이 눈에 꽂히듯 들어왔습니다. 지금까지 보아 온, 앞으로도 만날 수 없는 신비로운 불상이었습니다. 디지털카메라로 찍은 사진을 보여 주자 모 대학 교수가 "이렇게 미남 불상이라면, 이런 미남이 있다면 그 어떤 사랑도 할 수 있을 것이다"라고 고백한 불상입니다.

15시간 기차를 타고 도착한 콜카타. 살아서 가난한 이들의 성녀라 존경받았던 마더 데레사 수녀가 일생을 봉헌한 도시입니다. 부자들의 동네가 아닌 대부분의 도심에서 가난한 이들을 쉽게 만날 수 있었습니다. 마더 데레사 수녀가 창설한 사랑의 선교회 새벽미사에 참여했습니다. 수녀들과 해외 각국에서 온 많은 자원봉사자들로 성당은 발 디딜 틈이 없었습니다.

마음이 가난한 사람은 행복하다는 마음을 비운 수녀들의 아침기도는 새벽 안개 자욱한 숲속을 거닐며 듣는 산새들의 노래처럼 맑고 청아했습니다. 가난한 이들 속에서 하느님의 사랑을 실천하는 수녀들, 그래서 하느님의 사랑 안에 머물며 행복하게 사는 수녀들과 바치는 미사는 천상의 미사에 참여하고 있는 듯한 신비로움으로 충만했습니다. 성령의 은총이 가득한 미사였습니다.

미사가 끝나자마자 마당이라고 할 수 없는 토방에서 수녀들이 손빨래를 하기 시작했습니다. 얼마든지 세탁기를 기증받을 수 있

지만 가난한 이들처럼 손빨래를 하는 모습에서 노동이 가난한 이들과 연대가 되고 연민이 되고, 노동이 거룩한 이유를 깨닫게 해 주었습니다. 하얀 수도복을 입은 수녀들의 손빨래하는 풍경은 천국의 노동을 보는 것처럼 가슴 뭉클한 감동이 밀려왔습니다. 하얀 베일 속에서 보름달처럼 피어나는 미소가 빨래놀이를 하는 천국의 아이들처럼 행복해 보였습니다. 가난한 이들의 현장에 와야만 얻을 수 있는 은총이었습니다.

미사를 마치고 빵과 홍차로 아침식사를 하기 위해 대기실로 갔습니다. 간단한 아침을 먹고 사랑의 선교회에서 운영하는 여러 복지시설에 봉사 배정을 받는 곳입니다. 한국에서 엄마와 함께 온 초등학생의 얼굴에 행복의 미소가 그치질 않습니다.

한 수녀가 일생을 통해 뿌린 사랑의 씨앗과 향기가 세계 도처에서 수많은 자원봉사자들을 불러 모으고 있습니다. 사랑이 얼마나 위대한가를 가슴에 새기게 합니다.

인도는 상류층 10%를 제외한 대부분의 국민이 가난합니다. 카스트 제도가 힌두교의 종교와 불가분의 관계로 깊이 뿌리박혀 있습니다. 너무 아름다워서 슬펐던 그 불상은 인도의 절망적인 모습을 그대로 보여 주는 상징물 같았습니다. 부처님 당시 힌두교는 소와 돼지 등의 희생제를 바쳐야 영원한 극락세계로 갈 수 있다고 가르쳤습니다. 가난한 이들은 희생제를 생각조차 할 수 없었습니다.

부처님은 그러한 희생제 없이 스스로의 깨달음으로 영원한 극락에 갈 수 있다고 설파했습니다. 이러한 불교는 인도 전역과 아시아로 급속도로 전파되었습니다. 그러나 오래 가지 않아 인도불교는 교리논쟁에 휩싸이게 되었습니다. 민중과 멀어진 불교의 스님들과 달리, 힌두교는 희생제를 불살생의 교리로 바꾸고 여러 개혁으로 민중 속으로 돌아갔습니다.

다시 힌두교는 인도 전역으로 전파되었습니다. 불교의 발생지 인도에 불교 신자가 0.8%밖에 안 된다는 것이 민중과 멀어진 종교는 몰락할 수밖에 없다는 사실을 가슴 아프게 증거하고 있습니다.

각 종단의 신자수를 합하면 인구수보다 더 많은 종교인의 나라 한국, 대형화되어 가는 교회와 성당, 사찰과 교당은 우후죽순처럼 솟아나고 있습니다. 그러나 가난한 민중과 아파하는 세상과 함께 하는 종교는 갈수록 찾아보기 어렵습니다. 민중과 세상과 함께 하는 종교로 거듭나는 사회가 되기를 간절히 희망하며 비노바 바베의 유언을 옮겨 봅니다.

"나는 간다. 슬퍼하지 마라. 내가 있었던 본향, 신에게로 간다. 신을 몸으로 체득하라. 들숨 날숨으로 신을 느껴라. 신의 정신인 사랑을 들이쉬고 그 사랑을 날숨으로 살아라. 신과 함께 항상 생각하라. 신과 함께 하고 있음을 자각하고 그 자각을 세상 안에서 삶으로 실천하라."

수
루는과랑
미엾꿈사

블루베리 따는 신부

자연의 선율을 품고 자라는
하늘이 내린 블루베리
인간의 눈빛을 이슬처럼 씻어 주네

햇살과 이슬처럼
영혼을 맑게 해 주는
사랑의 향기도 그러하네

푸른 지구에 맺힌
쪽빛 블루베리
하늘빛 닮은 신비로운 과일

아침마다
영혼의 이슬을 따는
블루베리 신부

맑은 개울물 소리를 듣고 자랐습니다
구슬땀도 먹고 토실토실 영글었습니다
한 알 한 알 정성으로 땄습니다
한 알 한 알 사랑으로 좋은 것만 골랐습니다
맛나게 드시고 영육 간에 건강하세요

블루베리 빛깔과 새콤달콤한 맛처럼
그리스도의 향기가 나는 삶이 되도록
기도하며 열심히 살겠습니다.

농촌환경사목을 자원하며

안식년은 농사를 배우는 것으로 시작되었습니다.

농사를 직접 지어 보지 않고는 농민의 어려움을 알 수 없을 것 같아 2009년 3월부터 진안 부귀공소 근처에서 시작된 일입니다. 고민에 고민을 거듭한 끝에 농촌환경사목을 자원했던 것은 '주께서 나에게 기름을 부으시어 가난한 이들에게 복음을 전하게 하셨다'는 사제서품 성서말씀 때문이었습니다.

제가 보기에 농촌의 절망은 우리 사회의 절망이기도 했습니다. 더욱이 지구온난화는 식량 무기화로 치닫고 있습니다. 이러한 시대적 상황에서 농촌의 고령화와 인구 감소는 우리 미래를 어둡게 하고 있습니다. 젊은이들이 떠난 농촌은 희망을 잃은 지 벌써 오래입니다.

농촌에서 나고 자란 저에게 가난한 이들은 바로 농민이었습니다. 평소에도 농민을 생각하면 애잔한 연민이 앞섰지요. 무엇보다도 4대강 사업으로 죽어가는 자연은 하느님의 창조물 중에 '가장 가난한 이들'이었습니다.

칠순을 넘긴 노인들만 사는 농촌은 10년 후 어떤 모습으로 나타날까? 지구온난화가 갈수록 극심해지고 있는데 식량 자급은 가능할까?

이와 같은 생각들이 저를 시골로 들어가게 만들었습니다.

프란치스코 교황님의 "손에 흙 묻히는 것을 두려워 말라"는 말씀이 얼마나 큰 위로와 희망이 되는지 모릅니다.

농촌은 우리 모두의 마음의 고향으로 감정이 살아 있는 곳입니다. 대부분의 사람들은 도시의 화려한 불빛을 좋아하고 편리함에 익숙해져 대도시에서 살고 싶어 합니다. 그 때문인지도 모르겠습니다. 지금 고향과 같은 농촌은 어디에도 없습니다. 단지 그리워할 뿐입니다.

그렇다면 잠시 농촌이 우리에게 하는 말을 귀기울여 보시기 바랍니다. 그러면 농촌이 우리에게 무엇을 베풀고 있는지 알 수 있을 것입니다. 농촌 없이 하루도 살 수 없는 우리. 농촌은 우리 생명의 은인이며 순리입니다.

그리운 사람들과 함께 하는 시간

생태마을의 못자리가 될 목조주택을 짓기 시작한 지 보름이 지났습니다. 집 짓는 일이 재미있습니다. 함께 일하는 노동의 기쁨이 얼마나 큰지 모릅니다. 더불어 땀 흘리고 샛거리를 먹는 기쁨은 꿀맛처럼 달콤합니다. 전체 공정의 반 정도를 마쳤습니다. 서까래가 올라가고 지붕에 루핑이 깔렸습니다. 3세대가 함께 살 집이 차츰 모양새를 갖추고 있습니다.

숲속의 집, 생태적인 삶을 지향하는 자급자족의 마을이 시작되었습니다. 희망이 없는 농촌, 정부마저도 홀대하는 농촌에 희망을 키우는 마을, 소박하지만 아름다운 꿈을 펼쳐가고 있습니다. 희망을 키우는 사람들의 도움과 기도로 비롯된 것입니다.

집 짓는 일꾼들이 상량식은 언제 할 거냐며 성화를 부렸습니다. 떡과 막걸리로 조촐한 상량식을 마련할 계획입니다. 10월 24일 오전 12시로 시간을 잡았습니다. 집 앞으로 흐르는 계곡에서 평평한 돌을 몇 개 주워 두었습니다. 휴대용 가스레인지에 돌판을 올려 지글지글 삼겹살을 구울 것입니다. 정다운 얼굴들과 막걸리 잔으로 건배를 올리며 생태마을의 시작을 하늘에 고할 것입니다. 하늘 아래 사는 모든 피조물과 더불어 하늘에 감사를 드릴 것입니다.

> 하느님께서는 엿샛날까지 하시던 일을 다 마치시고
> 이렛날에는 모든 일에서 손을 떼셨다.
> 이렇게 하느님께서는 모든 것을 새로 지으시고
> 이렛날에는 쉬시고 이날을 거룩한 날로 정하시어 복을 주셨다.
>
> 창세기 2:2~3

눈을 뜨면 머릿속에 해야 할 일들이 꽉 차 있습니다. 전체 공정에 차질이 없도록 자재를 공급하는 일, 일꾼을 섭외하는 일, 그 일꾼들의 인건비와 자재비 송금, 대모도, 봉사자 조정…. 하지만 이 모든 것이 기쁨이고 축복입니다.

만나생태마을

희망을 찾아가는 사람들이 있어 희망이 가득한 새해입니다.

두 달 반 동안 모든 자재와 인부를 관리감독해서 만나의 집을 완공했습니다. 농부의 농자도 모르는 서툰 농부로 농사짓기도 어려운데 집 짓기란 정말 버거운 일이었습니다.

첫 농사를 지어 담은 배추와 무김치, 동치미로 식사를 합니다. 서로 얼굴 마주한 채 식사를 할 수 있는 만나생태마을 가족이 있다는 게 얼마나 큰 행복인지 모르겠습니다. 이 행복은 당신으로 인해 시작되었기에 당신의 것입니다.

어머니의 품처럼 아늑한 만나생태마을에도 함박눈이 내렸습니다. 멀리 창으로 보이는 겹겹의 산들이 당신을 향한 그리움처럼 서 있습니다. 눈 속에 갇힌 집에서 사랑하는 사람을 향한 그리움이 골짜기처럼 깊어진다는 사실을 새삼 깨닫습니다. 눈 속으로 흐르는 계곡물 소리가 그리운 당신의 음성처럼 도란도란 흐릅니다. 멀리 있어도 당신의 마음과 사랑을 느낍니다.

만나생태마을을 감싸고 있는 갈매봉 하늘은 높고 거룩합니다. 매일 잠자리에서 일어나 새벽 미사를 드리고 큰절 기도를 바칩니다. 일과를 마치고 잠자리에 들기 전에도 행복한 하루를 감사하며 큰절 바칩니다. 하늘과 땅, 인간과 세상을 섬기는 큰절 기도입니다.

산과 산이 어깨동무를 한 것처럼 당신과 저는 산과 산입니다. 낮은 곳에서 나무와 꽃들을 섬기는 물처럼 살고 싶은 마음은 당신이나 저나 한결같습니다. 바람에 흔들리는 나무들의 노래가 당신이 저를 위해 부르는 사랑가처럼 들려옵니다. 뒷산의 참나무 한 그루, 계곡의 돌멩이 하나가 지구의 중심임을 깨닫는 새벽입니다.

생태건축 목조주택학교 개원을 꿈꾸며

3개월에 걸쳐 목조주택을 완성했습니다. 나무를 주재료로 지은 집이라 생태적이고, 무공해 스티로폼을 단열재로 사용해 외풍도 없고 따뜻해서 난방비 절감 효과를 덤으로 받고 있습니다.

3월에는 진안군에서 지원(40%)을 받아 귀농인의 집을 신축할 계획입니다. 베이비붐 세대인 정년자와 명퇴자들의 70%가 고향이나 시골에 와서 살고 싶어도 그 길을 모른다고 합니다. 또 아무런 사전준비 없이 귀농이나 귀촌을 했다가 1~2년 만에 다시 도시로 돌아가는 사람들이 많습니다. 귀농과 귀촌을 꿈꾸는 교우들에게 도움이 될 수 있을 것 같아 '생태건축 목조주택학교'를 열고자 합니다. 건물 기초부터 완공까지 전체 공정을 함께 할 수 있는 좋은 기회가 될 것입니다.

집 짓기는 종합예술입니다. 어느 것 하나 놓치지 말아야 합니다.

시간이 없다고 대충 넘어가면 안 됩니다. 그 부분이 두고두고 말썽을 일으킵니다. 처음부터 꼼꼼하게 처리하는 것이 빨리하는 것입니다. 시간이 없다고 대충 넘어가면 나중에 더 많은 시간과 돈이 들어갑니다. 무엇보다도 볼 때마다 스트레스를 받습니다. 그러기에 무언가 잘못 되었으면 그 즉시 고쳐야 합니다.

　인생도 집 짓기와 같겠죠. 내 인생의 집은 잘 지어진 집인지, 자주 돌아보고 살펴봐야 합니다. 인생은 인내와 희생으로 지어지는 사랑의 집, 순간순간 깨어 있을 때 아름다운 사랑의 집이 완성되어 가는 것이 아닐까요.

갈매봉에서 희망의 새해를

새해 첫 새벽, 농민회와 생태마을 식구들과 함께 해맞이를 갔습니다.

눈밭에 첫 발자국을 남기며 뒷산에 올랐습니다. 갈매봉을 향해 성현의 말씀을 되새기며 걸었습니다.

눈길을 걷더라도 함부로 걷지 말라.
지금 우리가 걷는 이 길은
뒤에 오는 사람들의 이정표가 될 것이다.

당신을 향한 그리움처럼 겹겹이 쌓인 산등성이 위로 붉은 해가 솟아올랐습니다. 당신의 기도로 환해진 길에서 당신의 비움으로 넉넉해지는 새해가 되기를 빌었습니다. 눈을 뜨자마자 하루를

주심에 감사하는 십자성호를 긋습니다. 새벽미사를 드리고 바치는 큰절, 하루의 희망과 다짐을 담아 큰절 기도를 올렸습니다. 당신으로 인해 행복한 사람, 당신과 세상을 향해 낮은 곳으로 흐르는 사랑의 강물이 되고 싶습니다.

새해에는 인간과 자연이 하나 되는 아름다운 세상을 만들어 갈 것입니다. 생명이 숨 쉬는 기도를 드릴 것입니다. 새해 첫 새벽에 맞이한 그 붉은 희망과 열정으로 당신과 함께 행복한 세상을 열어 갈 것입니다.

해를 맞이하러 가는 눈길 위에 첫 발자국을 남기며 땅의 무늬를 보았습니다. 하늘의 무늬도 보았습니다. 마치 세상에 처음 태어난 것 같았습니다.

세상의 바람과 빛, 나무와 그 잎들이 제게 말을 거는 듯했습니다. 심지어 제 육신까지도 처음으로 자신을 드러내는 것 같았습니다. 새로운 세계로의 문이 열린 것입니다.

모든 것이 우리 존재로 인해 나타나는 하루, 이 아침이 그래서 더 아름답습니다. 얼마나 더 완전해지는가 하는 것은 하느님 안에서, 이웃과 자연 안에서 우리가 얼마나 노력하는가에 달려 있습니다.

유혹, 이길 수 없는 싸움

자급자족의 공동체 삶은 자본주의에 깊이 물들고 편리함에 익숙한 현대인들에게는 어쩌면 이룰 수 없는 꿈인지도 모릅니다. 그 꿈은 산 넘어 산처럼 장애물의 연속이었습니다. 남몰래 가슴을 쓸어내린 적도 있고, 일어나서는 안 될 일들이 심장에 꽂히는 화살처럼 박히기도 했습니다. 그러나 농사를 배운 지 1년 6개월, 기쁘고 보람된 날들이 더 많았습니다.

눈을 뜬 새벽이면 하루치의 문을 열어 주신 하느님께 감사드립니다. 가난한 성당에서만 사목을 했던 저에게 공동체의 집은 '꿈을 깨어야 하는 깨몽'인지도 모릅니다. 아무리 좋은 계획일지라도 경제적 여력이 없다면 불가능하기 때문입니다.

만나의 집, 귀농인의 집, 저온창고, 생태화장실. 마치 밑 빠진 독에 물 붓기처럼 황금을 잡아먹습니다. 초짜 농부도 쉽지 않은데

모든 자재와 인부를 관리하며 집을 지었습니다. 가끔 남몰래 눈물을 흘려야 했습니다.

공소 제의방에서 자면서 비닐하우스에서 밥을 해 먹었습니다. 물호수가 얼어 계곡물을 떠다 밥을 해야 할 때도 있었습니다. 매일 일당 15만 원을 받는 일꾼들이 적게는 다섯 명에서 많게는 열명이 일할 때도 있었습니다. 그런데 자금이 부족했습니다. 일당 15만 원의 일꾼들이 그만큼의 일을 하려면 대모도가 필요합니다. 공사비를 줄이기 위해 덤프트럭 운전, 철근작업, 미장, 질통 매기 등 닥치는 대로 일을 했습니다.

건축비를 절약하기 위해 파이프와 폼을 빌리러 군산까지 갔습니다. 지게차가 없었습니다. 10만 원을 아끼기 위해 자원봉사자 두 명과 함께 5톤이 넘는 건축자재를 4시간 넘게 트럭에 싣고 진안에 와서 다시 퍼야 했습니다. 그렇게 피곤한 밤에는 잠도 오지 않습니다. 어쩌다 잠이 들면 다리에 쥐가 나고 맙니다.

자급자족의 꿈이 먼 수평선처럼 아득하기도 합니다. 조금이라도 수익을 올려보고자 청국장과 메주를 띄울 방을 짓고 있습니다. 자급자족으로 가는 길입니다.

손에 쥔 호미를 놓고 성당으로 돌아가고 싶은 유혹을 느낍니다. 하루에도 수십 번씩 그만두고 싶다는 유혹이 두더지처럼 대지를 뚫고 올라옵니다. 그럴 때면 세르반테스의 〈돈키호테〉를 떠올리곤 합니다.

맺을 수 없는 사랑을 하고 견딜 수 없는 아픔을 견디며
이길 수 없는 싸움을 하고 이룰 수 없는 꿈을 꾸자.

다시금 마음을 다잡고 호미와 삽을 듭니다. 그 길이 비록 가시밭길일지라도, 산 넘어 산일지라도, 가다가 피투성이로 쓰러져 죽을지라도 꿈을 버릴 수는 없습니다. 이길 수 없는 싸움에도 당신이 함께하고 있기 때문입니다.

이끌어 주소서

해와 달, 별과 우주의 하느님
우리를 지구라는 아름다운 별에서 살게 하심에 감사하나이다.

땅과 비, 햇살과 바람을 주시는 자연의 하느님
우리는 자연 없이 하루도 살 수 없습니다.

하루하루의 삶이 우주와 자연의 보살핌에 감사하는
은총의 삶이 될 수 있도록 우리를 이끌어 주소서.

모든 생명을 보살피시는 농부이신 아버지
흙의 노동을 통해 우리의 생명을 보살피는
농부들에게 감사하는 삶을 살도록 이끌어 주소서.

돈보다 사람을 먼저 생각하고
당신의 자리에 황금을 올려놓지 않게 하소서.

우리 생각과 말과 행동을
공동선으로 인도하시어 아름다운 세상을 이루게 하소서.

정의와 평화에 목말라 하는 사람이 없도록
우리 삶을 정의와 평화로 이끌어 주소서.

구유에서 태어나시고 나자렛에서 생태적으로 생활하신 예수님
당신의 삶을 닮아 단순하고 소박한 삶을 살아가도록
은총을 베풀어 주소서.

우리 삶의 시작과 마침이 당신 사랑에서 비롯되었듯이
우리 삶도 당신 사랑 안에서 이루어지게 하소서.

우리의 모든 것 당신의 것이오니
우리의 모든 삶이 당신 영광의 도구가 되게 하소서.
우리 주 그리스도를 통하여 비나이다.

흙부대집(황토집)을 짓다

농작물은 제때를 놓치지 않고 보살펴야 합니다. 3세대가 살 다세대 주택과 콘크리트 저온창고, 생태건축학교로 지은 '귀농인의집', 흙부대집 체험 학생들과 황토방을 지었습니다. 평생 한 채의집도 짓지 못하는 사람이 많습니다. 그러기에 일 년에 세 채를 직영으로 짓는 것은 너무도 힘든 일이 아닐 수 없습니다.

어쩌다 자원봉사자 대여섯 명이 오는 날은 몸이 파김치가 됩니다. 봉사자가 있을 때 일을 많이 해야 하니까 온몸이 땀범벅이 되곤 했습니다. 특히 흙부대집은 평소에 안 쓰던 근육들을 사용하여허리며 어깨며 등짝이며 아프지 않는 곳이 없습니다. 소나기가 내리듯 온몸이 쑤시고 결렸습니다. 결코 쉬운 일이 아니었습니다.

두 채의 목조주택을 지었지만 흙집은 막노동처럼 힘든 노역이었습니다. 하루 종일 양파 망에 흙을 담고 떡메로 치고 수평고정판을 달고 트럭으로 자재를 실어오고, 1인 3역을 했습니다. 어떤 날은 팬티까지 젖어 엉덩이가 쓰라릴 때도 있었습니다. 어그적어그적 아픔을 참으며 일을 하다 보면 불쑥 도망치고픈 유혹이 찾아옵니다. 개울가로 가서 유유히 흐르는 물을 보며 소리 없는 눈물을 흘리게 됩니다. 아무 일도 없었던 것처럼 떡메를 칩니다.

저녁 9시면 졸음이 쏟아지고, 열어 보지 못한 메일이 사오백 통씩 쌓이기도 했습니다. 잠자리에 들기 전 부황을 뜨고 잡니다. 새벽 알람은 울리는데 몸을 뒤척이지도 못할 때가 있습니다.

몸이 고단하니 마음의 빚이 쌓여 갔습니다. 농민주일 행사를 마치고 돌아오던 중 운전자가 졸다 차를 폐차시키는 사고를 당했습니다. 목을 다쳐 한 달 남짓 입원 치료를 했지만 쉴 수가 없었습니다. 흙부대집 체험학교에 십여 명의 학생들이 기다리고 있었습니다. 자기 집을 손수 짓고자 하는 꿈을 연기시킬 수 없었던 것이지요. 목 디스크는 초기에 치료하지 않으면 나중에 더 큰 고생을 한다는 충고를 귀담아 들을 수 없었습니다.

아침저녁으로 부황을 뜨며 일을 해야 하는 육체적인 고통보다 힘든 일들이 종종 찾아왔습니다. 그것은 유혹이었습니다. '왜 고생을 사서 하냐.' '포기하고 신자들과 보람되고 행복하게 살 수 있는 본당으로 돌아가자'는 유혹이 육체적인 고통보다 몇 배 참기 어려웠습니다.

그러나 제가 사제서품 때 선택한, '주께서 나에게 기름을 부으

시어 가난한 이들에게 복음을 전하게 하셨다'는 성서말씀이 유혹을 이겨 낼 수 있는 힘이 되어 주었습니다.

하느님께서 저에게 사명으로 주신 '가난한 이들'인 농민과 자연을 떠날 수가 없었습니다. 사랑하는 사람을 향한 그리움이 맑은 하늘의 천둥 번개 장대비처럼 쏟아지듯이 농민을 생각하면 갑자기 두 눈이 뜨거워질 때가 있습니다. 집짓기와 농사로 지친 몸을 아침저녁으로 부황을 뜨면서 '이렇게 힘들게 농사를 짓고 이렇게 고생하며 신앙생활을 하는구나' 하는 생각이 들 때가 그러합니다. 제가 '포기하고 본당으로 돌아가자'는 유혹을 이겨 낼 수 있는 힘이 '가난한 이들'인 농민과 자연을 향한 열정에 있었습니다.

사실 요즘 '내가 농사를 잘 지을 수 있을까.' '농촌환경사목을 잘할 수 있을까.' '함께 농사를 지으면서 자급자족하는 생태마을을 잘 만들 수 있을까' 하는 걱정이 들 때도 있습니다. 사실 저는 농사를 짓는 일, 생태적으로 사는 일, 자급자족 공동체를 만드는 일이 얼마나 힘든지 잘 알고 있기에 이 길에서 벗어나고 싶습니다. 그러나 하느님께서는 자꾸 이 길을 가라 하십니다.

작지만 희망의 불씨가 되고자 생태마을을 만들어 가고 있습니다. 자급자족의 삶을 꾸려가기 위해 청국장과 메주를 띄울 황토방을 짓고 있습니다. 단순소박한 자급자족의 삶, 자연과 공존하는 삶을 꿈꾸는 우리 노력은 계속될 것입니다.

세상에서 가장 아름다운 집

　봉사와 우정의 손길로 아름다운 흙집이 완성되었습니다. 흙부대 집 체험학교 학생들의 굵은 땀방울의 결정체, 그 어떤 보석보다 아름다운 집이 아닐 수 없습니다.

　많은 자원봉사자들의 손길을 어찌 잊을 수 있겠습니까.

　그중에서도 잊을 수 없는 분들은 한센병 환우들의 손길입니다. 논에서 일하다 일그러진 손가락으로, 밥을 짓다 뭉그러진 손으로 황토 흙에 볏짚을 섞어 아이 머리통만 하게 뭉친 흙밥을 손에서 손으로 전달합니다. 밥! 밥! 밥! 어느 사제 아버지의 흙밥 빨리 달라는 외침이 들려옵니다. "아나, 아나, 밥!" 하면서 웃음꽃 피우며 흙밥을 전달합니다. 세상에서 가장 아름다운 집, 한센병 환우들의 봉사로 지어진 집입니다.

신학생 시절 7개월을 가족처럼 함께 살았던, 한 사제와의 정이 만들어 낸 아름다운 집입니다.

누가 말했나요, '인생엔 공짜가 없다'고. '아버님 어머님'이라 부르며 이발을 해 드리고, 등에 부황을 뜨고, 핏덩이를 휴지로 닦아 준 그 봉사의 손길. 20여 년의 세월이 흘렀는데도 우정과 사랑은 이토록 아름다운 꽃을 피우나 봅니다.

육신은 비록 가난하지만 한센 환우들의 아름다운 손길이 모여 세상에서 가장 아름다운 집을 기어코 만들어 냈습니다.

고요함 속에 꽃은 피어나고 그 고요함 속에서 다시 꽃이 지고 다시 그 자리에 탐스런 열매가 열립니다. 우리 가슴속에도 자신을 위해 보존된 고요한 장소가 있습니다. 그곳은 다름 아닌 하느님이 지켜 주시는 성스러운 내면의 장소입니다.

그 장소를 찾는 것은 저마다의 몫입니다. 상심하고 상처받았을 때, 마음이 고독할 때 우리는 그곳으로 찾아듭니다. 언제 찾아도 넉넉하고 평화롭습니다. 어머니의 품처럼 포근합니다. 우리는 그 고독함 속에서 아름다움에 이르는 길을 찾고, 보다 강하고 사랑이 넘치며, 지혜롭고 아름다운 인간으로 변화할 수 있습니다.

마침내 완성된 흙부대집이 바로 그런 집이었으면 합니다. 언제든 찾아가도 반갑게 맞이해 주시는 부모님의 고향집이 되었으면 좋겠습니다.

그리운
벗에게

기적의 토종벌

새벽 2시 30분, 처마를 두드리는 빗소리에 잠을 깼습니다. 단비 구나, 감사의 마음과 함께 어젯밤 섬진강 댐에서 가져온 한봉이 떠올랐습니다. 걱정 하나가 솟아난 것입니다. 벌은 꽃과 열매들의 수호자입니다.

두 해 전 원인불명의 괴질 바이러스로 한봉 99% 정도가 멸종했습니다. 1%밖에 남지 않은 한봉은 천연기념물이 될 수도 있습니다. 벌, 벌을 귀하게 여기지 않으면 인간은 벌을 받을 수도 있습니다. 벌의 멸종은 인간의 멸종이며 모든 동물들의 멸종입니다. 자가 수정이 가능한 식물들만 살아남기 때문입니다.

저녁식사를 마치고 선물을 챙겼습니다. 산에서 따서 만든 오디 잼과 식빵을 들고 집을 나섰습니다. 섬진강댐에서 할미꽃, 복수초,

토종 흰 민들레, 구절초 꽃밭을 만들어 벌과 함께 사는 형님의 토종벌을 가지러 가는 길입니다.

허리가 낫처럼 직각으로 굽은 할머니가 저녁노을을 등지고 유모차를 끌고 언덕을 오릅니다. 혼자 밥을 지어 혼자 드실 할머니의 외로움처럼 언덕의 풍경이 쓸쓸합니다. 할머니의 외로움을 감싸주듯 안개가 산을 오릅니다.

섬진강 호수가 저녁 어두움에 잠겼습니다. 고구마를 심고 이제 들어왔다며 포옹을 합니다. 농부의 가슴과 가슴으로 전해지는 동병상련의 연대가 뭉클합니다. 저녁밥을 지어 먹기에는 형수님이 너무 지쳐 보여, 들고 간 식빵에 오디잼을 발라 형님과 형수님을 챙겨 드렸습니다.

"지난 추석명절에 미사를 드리고 집에 왔는데 단풍나무 옆 벌집에서 벌떼들이 윙윙거렸어요. 지금까지 세 통이 들어와서 새끼를 쳐서 아홉 통이 되었어요."

십 년 넘게 제초제를 쓰지 않은 힘든 유기농업에 한봉이 기적을 베푼 것입니다. 심산계곡 지리산에도 토종벌이 없습니다. 그러니 돈을 주고도 한봉을 구할 수 없지요. 그런 귀한 한봉을 선물한 것입니다. 제초제를 쓰지 않는 고집스런 형수님의 고운 손이 나무껍질이 되어 버린 희생으로 만들어진 선물입니다.

새벽 단비는 걱정을 동반하며 내렸습니다. 그것은 유혹이었지요.

'내일 아침에 하지 뭐. 아니야, 지금 하지 않으면 판자가 비에 젖고 판자에서 스며든 물에 벌집이 젖고 말아. 그러면 벌집이 떨어질 수 있고 벌들이 벌집을 나갈 수밖에 없어.'

정신이 번쩍 들었습니다. 손전등을 챙겨 벌집 덮어 줄 것을 찾아 집안을 샅샅이 둘러보았습니다. 귀농인의 집, 만나의 집, 황토방 주변을 꼼꼼히 둘러보았습니다.

효소 저장고의 플라스틱 박스가 눈에 들어왔으나 너무 커서 바람이 불면 벌집까지 넘어질 것 같았습니다. 다시 구석구석을 뒤졌지요. 간절하면 통하는 것일까요. 거름 포대가 눈에 들어왔습니다. 포대 안을 들여다보니 비닐과 적당한 크기의 포대가 있었습니다. 반가웠습니다. 덤으로 벌집이 열 받는 것을 막아 줄 친환경 스티로폼도 눈에 들어왔습니다.

발걸음이 가벼웠습니다. 벌집이 있는 동네 상수도 저장고로 가는 길, 태양광 작은 등도 졸고 있습니다. 비가 오니 칙칙한 어둠길. 적막강산입니다. 갑자기 발걸음이 탱크 소리처럼 크게 들립니다. 혼자라는 무서움이 찾아온 것입니다.

다행히도 벌집은 멀쩡했습니다. 벌집 위에 덮어 둔 판자가 비에 조금 젖었을 뿐. 벌집 입구에 벌 한 마리가 윙윙거리며 인사를 합니다. 순간 뭉클한 감동이 찾아왔습니다. 새벽을 지키는 파수꾼 벌. 공동체를 위해 자신을 희생할 줄 아는 벌의 사랑에 진한 감동이 파도처럼 밀려왔습니다. 고맙고 고마웠습니다.

'벌집이 비에 젖으면 안 된다는 너의 간절한 염원이 나를 깨웠

구나. 한 마리의 염원이 빗소리를 통해 내 영혼까지 점령한 것이
구나.'

　포대와 무공해 스티로폼을 덮고 큰 돌을 올려놓았습니다. 측면
이 허전해 보였습니다. 다시 내려와서 포대를 챙겨 십자가처럼 겹
치게 덮어 주었습니다. 한 마리 파수꾼 벌을 기억 속에 담아 두기
위해 휴대폰을 들었습니다. 손전등 불빛이 비치자 구멍으로 벌 한
마리가 나왔습니다. 다시 두 마리가 더 나왔지요. 5분 대기조가 출
동한 것입니다. 벌들의 사회성과 공동체 정신과 성실함에 깊은 감
동을 받았습니다.

첫 마음으로

휴림이라는 민박집에서 첫눈을 만났습니다. 첫눈을 보는데 첫 마음이 떠올랐습니다. 첫 마음은 하늘의 마음입니다. 도둑이 되겠다고 첫 마음을 가진 사람은 없으니까요. 첫눈을 보면서 만나생태마을을 시작했던 첫 마음, 아니 사제서품 때 제대 앞에 엎드려 가졌던 첫 마음을 생각했습니다.

구절초차를 만들었습니다. 만나생태마을의 구절초는 양이 적어서 부안 형님 댁에서 꽃을 따 왔습니다. 신학생 때 함께 살던 한센 교우들과 고마운 분들의 얼굴을 떠올리며 한 송이씩 땄습니다. 의족을 한 수산나 어머님의 봉사가 지금도 가슴 뭉클합니다.

고마운 분들의 지극한 사랑에 비하면 아주 작은 정성입니다. 구절초꽃 대여섯 개를 다기에 넣고 끓는 물을 식히지 말고 부어 드시면 좋습니다. 서너 차례 우려서 드실 수 있습니다.

구절초는 여자가 먹으면 신선이 된다는, 선모초(仙母草)라고도
합니다. 보리차처럼 끓여 드셔도 좋습니다. 구절초 향기 속에서
만나생태마을의 노란 향기를 만날 수 있을 겁니다.

휴림 민박집에서
측령산을 넘어가는
바람 속으로 첫눈이 날리며
영혼의 창으로 아득히 내립니다

바람보다 가벼운 눈꽃들
때를 모르고 피어 버린
홍매 꽃잎들 위로
사뿐뿐 나비처럼 내려앉습니다

첫눈은 첫 마음
하늘이 세상에 쓰는 편지
대지가 눈물로 읽는
눈꽃의 열애입니다

첫 마음이 낙엽처럼 뒹구는 세상이지만
우리 첫사랑은

어두운 길가에 소복소복
환한 첫눈처럼 쌓입니다

첫 마음인 당신은
세상을 덮는 눈꽃송이
푸른 싹 키우는 사람들을 적시는
첫사랑입니다.

농부는 겨울에 잘 쉬어야 다음해 농사를 잘 지을 수 있다고 합니다. 따뜻하게 지내라고 봉사자들이 소나무를 한 트럭 가져왔습니다. 소나무와 낙엽송 장작을 아궁이에 지피고 황토방 구들장에서 구절초와 블루베리차를 마시며 밤새 진한 이야기꽃을 피웠으면 좋겠습니다. 일도 여럿이 하고 밥도 여럿이 먹어야 한다고 합니다. 차도 이야기도 여럿이 나누어야 더 맛나고 행복하겠죠. 함께 행복한 추억을 만들었으면 좋겠습니다.

아참, 저희 집에 새로운 가족이 생겼습니다. 토종닭 70마리, 초롱이와 양돌이 산양 한 쌍, 꿩 9마리, 토끼 19마리입니다. 여기저기 암탉이 낳은 계란을 줍는 재미가 쏠쏠합니다. 볏단 아래 예닐곱 개의 계란이 눈에 띌 때 초등학교 소풍 가서 발견한 보물찾기의 환희, 그 기쁨을 함께 보냅니다.

아름다운 선물

순둥이는 낙엽송이 노랗게 물든 늦가을에 트럭을 타고 저희 마을에 왔습니다. 풍산개와 진돗개의 혈통을 이어받은 흰 개였습니다. 중간 크기인 순둥이에게 놓아 기르던 발발이 세 마리는 혹독하게 텃세를 부렸습니다. 세 마리가 떼거리로 으르렁거리며 짖어 댔습니다. 줄기차게 짖어대도 대응하지 않아 지어 준 이름이 순둥이였습니다.

발발이를 다른 집으로 시집을 보내자, 아는 누님이 생후 2개월 된 노란 진돗개를 얻어 주었습니다. 저희 마을 이름을 따서 '만나'라고 불렀습니다. 만나와 순둥이는 서로 장난도 치며 사이좋게 지냈습니다. 만나는 종종 순둥이 밥통에서 밥을 먹기도 했습니다. 순둥이는 어린 만나가 밥을 다 먹을 때까지 옆에서 기다려 주었습니다. 사람도 음식을 앞에 두고 다른 사람의 양이 다 찰 때까지 기다려 주기가 쉽지 않은데 말입니다.

신학생 시절 7개월 동안 살았던 나환우 양로원을 방문했습니다.
이제는 개를 키울 수가 없다며 진돗개 수컷을 주셨습니다. 흰색이
라 '백구'라고 불렀습니다.

"순둥아, 백구가 왔으니까 이제 새끼를 가져야지."

여러 차례 순둥이에게 부탁했습니다. 순둥이는 우리 희망을 저
버리지 않았습니다.

어느 날부턴가 순둥이 젖꼭지가 토실토실해지고 젖통도 포동포
동해지기 시작했습니다. 일곱 마리 새끼를 낳았습니다.

개들이 어미젖을 먹고 문턱을 넘어 땅으로 떨어질 만큼 자랐습니
다. 12일째 되던 날, 순둥이는 외출하고 돌아온 형님을 반갑게
맞이하며 트럭으로 달려들었습니다. 오르막길에서 그만 차에 치
고 말았습니다. 고요한 숲속의 정막을 깨는 비명.

"깨개갱! 깨개갱!"

"스톱!" 소리가 동시에 하늘로 치솟았습니다. 다행히도 트럭 바
퀴가 순둥이를 넘어가지 않고 멈추었습니다.

수의사이신 대부님에게 상담을 했습니다. 자동차 트렁크에 싣고
동물병원으로 갔습니다. 엑스레이를 찍어 봐야 정확한 것을 알 수
있겠지만 걷는 것을 봐서 큰 이상이 없는 것 같다는 진단이었습니
다. 수의사는 주사를 놔 주고 이틀 놓을 주사약을 주었습니다.

　순둥이는 집에 도착하자마자 새끼들에게 젖을 물렸습니다. 숨을 가쁘게 몰아쉬면서도 새끼들에게 젖을 먹이는 어미의 사랑에 가슴이 뭉클했습니다.

　누워 있어도 갈비뼈 부분이 덥수룩하게 올라와 있었습니다. 갈비뼈에 이상이 생긴 것 같지만 깁스를 할 수도 없기에 시간이 지나기만을 기다렸습니다. 개들은 몸이 아프면 단식으로 병을 다스립니다. 순둥이 역시 물 한 모금 먹지 않았습니다.

　어둑어둑 날이 저물자 이슬비가 내리기 시작했습니다. 순둥이가 궁금해서 가 보니 일곱 마리 새끼들만 서로 포개져 잠을 자고 있었습니다. 순둥이를 찾으러 계곡으로 갔습니다. 계곡에서 넋이 나간 것처럼 서 있었습니다.

'순둥아, 새끼 젖 먹여야지. 순둥아, 집에 가자, 이리 와.'

십여 분 동안 불렀습니다. 간절하게 부르면 부를수록 순둥이는 계곡을 따라 위로 한 발짝씩 멀어져 갔습니다. 염증으로 열이 오른 몸을 시원한 계곡물에 식히는 것처럼 보였습니다.

'혹시 죽기 전에 자주 노닐던 계곡을 마지막으로 돌아보려는 것은 아닐까.'

불길한 예감이 불씨처럼 피어올랐습니다. 그러나 순둥이는 괜찮을 거라는 희망이 더 강렬하게 타올랐습니다.

북어국, 미역국, 쇠고깃국을 끓여 주었지만 눈길 한 번 주지 않았습니다. 죽기 전날 "순둥아, 네가 좋아하는 날계란 가져왔다" 하며 그릇에 계란 두 개를 깨 주었습니다. 한 입 두 입 핥기 시작했습니다. 교통사고 이틀 만에 처음으로 먹은 음식이었습니다. 어쩌면 마지막으로 새끼들에게 젖을 물리기 위해 삼킨 밥인지도 모르겠습니다.

다음날 새벽 3시쯤 깨갱거리는 새끼 소리가 들렸습니다. 개집에 가 보니 젖을 물리고 있었습니다. 3일 동안 계란 두 개만 먹었으니 빈 젖이었습니다. 새벽 5시쯤 개집으로 향하던 저를 보고 함께 사는 자매님이 울며 말했습니다.

"어쩐디야, 순둥이가 죽었어요. 저 일곱 마리 새끼를 어떻게 헌디야."

개집으로 달려갔지만 순둥이는 개집 옆에 누워 있었습니다. 새끼들에게 싸늘한 젖을 물리지 않으려고 개집 앞에서 숨을 놓았던 것입니다. 눈을 뜬 채 죽은 순둥이. 일곱 마리 새끼들을 두고 차마 눈을 감을 수 없었나 봅니다. 새끼들은 어미가 죽은 줄도 모르고 쿨쿨 포개져 자고 있었습니다. 눈도 뜨지 못한 새끼들.

호두나무 밑을 삽으로 팠습니다. 자식만 가슴에 묻는 것이 아니었습니다. 한 삽 한 삽 뜰 때마다 가슴에 애틋함이 쌓이는 것은 왜일까요? 호두나무도 슬픔을 아는 듯 호두 알맹이를 툭툭 땅으로 떨어뜨렸습니다.

교통사고 3일 만에 죽을 만큼 중상을 입었는데도 동물병원에 다녀오자마자 젖을 빨리던 순둥이. 3일 동안 먹은 음식은 계란 두 개가 전부지만 죽기 직전까지 젖을 물린 어미의 사랑. 일곱 마리 새끼들에게 차가운 젖을 빨리지 않으려고 문밖에서 숨을 거둔, 어미 순둥이의 사랑 앞에 그만 눈시울이 붉어지고 말았습니다.

진안 읍내에 개 젖병이 없어서 아이 젖병과 분유와 우유를 사 왔습니다. 수저로 조금씩 떠 넣었습니다. 봉사 오신 한 아버님이 검지를 새끼 입에 넣자 어미젖인 줄 알고 빨기 시작했습니다. 수저로 손가락 위에 한 방울씩 우유를 떨어뜨렸습니다. 어미의 애틋한

당신 덕분에 여기까지 왔습니다

사랑을 들은 사람들이 한 마리씩 키우겠다며 안고 갔습니다. 한 쌍만 남았습니다. 순하디 순한 순둥이를 기억하기 위해 한 쌍은 키우기로 했습니다.

잠자리에 들기 전 보일러실로 갑니다. 어미의 따뜻한 품이 그리운 새끼 두 마리가 서로 포갠 채 잠들어 있습니다. 새끼 입에 검지와 개 전용 젖병 꼭지를 넣고 한 모금씩 손으로 눌러 우유를 먹였습니다. '쪽쪽' 소리가 났습니다. 손가락을 빨다 눈을 감고 잡니다.

손가락을 흔들어 잠을 깨웁니다. '으으흥 으흐응' 칭얼거리며 손가락을 빨며 우유를 먹습니다. 다시 손가락을 빨다 조는 새끼를 물끄러미 바라봅니다. 눈에 넣어도 아프지 않다는 말을 새끼들을 통해 깨닫게 됩니다. 아버지의 마음이 이럴까요.

순둥이가 주고 간 아름다운 선물입니다.

똥돼지, 탑차 천장에 끼다

　만나생태마을에는 1석 4조의 똥돼지가 있습니다. 첫 번째로 화장실을 해결하고, 두 번째 음식물 잔반을 처리합니다. 세 번째는 고기를 팔고 돼지 뒷다리는 소금에 염장해서 천연 햄 하몽을 만들고, 네 번째는 유기농 거름을 얻습니다.

　5월에 3개월 된 돼지를 분양받았습니다. 200근이 넘어서 더 이상 키울 수가 없었습니다. 서울의 병원에 납품하기로 했습니다. 한 신자에게 냉동탑차를 빌렸습니다. 새벽 7시, 전주에서 온 신자와 함께 케이지에 돼지 두 마리를 넣었습니다. 아침도 먹지 못하고 도축장으로 실어다 주었습니다. 늦은 아침을 먹고 잠시 쉬었다가 11시 30분에 이른 점심을 먹고 플라스틱 바구니를 챙겨 돼지를 실러 갔습니다. 돼지를 부위별로 나누어 실었습니다. 머리와 내장과 뼈를 저온창고에 넣어 두고 전주로 달렸습니다.

20년 넘게 정육점을 해 온 형제님이 부위별로 진공포장을 하며 자매님에게 말했습니다.

"여보, 이거 사진 한 장 찍어 놔요. 껍질과 비계가 얇은 오겹살, 아니 육겹살이네. 기가 막히네. 살도 선홍색이고 육질도 탱글탱글한 이런 돼지는 처음이야. 여보, 신부님 축산과 교수로 보내야겠어요."

진공포장을 해 전주에서 오후 3시에 서울로 출발했습니다. 처음으로 서울까지 운전을 하며 올라갔습니다. 퇴근 시간 걸릴까 봐 휴게소 한 번 들르지 않고 서울 시내로 들어갔습니다. 한남대교에서 강변로를 타고 내부순환로까지는 잘 갔습니다.

그런데 잠깐 내비게이션 안내를 착각해서 출구를 놓쳤습니다. 한 사거리를 두 번이나 빙빙 돌다 보니 자신감이 없어졌습니다. 이러다가 사고 날 것 같아서 함께 간 형제님에게 운전대를 맡겼습니다. 진안 촌놈의 서울 첫 운전은 도중하차로 끝이 났습니다.

카센터에서 길을 물어 병원까지 잘 갔습니다. 근데 지하 1층에 주차공간이 없었습니다. 지하 2층으로 내려갔습니다.

"천장에 닿는 것 같은 소리 안 나나요?"

"설마 탑차가 못 들어가게 설계를 했을라고요."

"어-어-, 차가 더 이상 안 나가네요."

"후진해 봐요."

　"후진도 안 돼요."

　"어매, 가슴 철렁 내려앉네. 돼지 팔려다가 차 값 물어주는 것 아니에요?"

　"내려서 봐야죠."

　"아뿔싸, 탑차가 천장에 끼었네요."

　5m 정도 천장을 긁고 간 자국이 선명했습니다. 바닥에는 천장 마감재인 석고보드와 우레탄폼 가루가 수북이 떨어져 있었습니다. 긴급사태였습니다. 천장이 노래졌습니다. 순간 반짝 성령이 내렸습니다. 바람을 빼라!

그런데 수위 아저씨 세 분이 다가오는데 가슴이 벌렁거렸습니다. '이 무식한 사람들아! 탑차를 끌고 지하 2층까지 내려오면 어떻게 해!' 하고 호통을 칠 것 같았습니다. 도둑이 제 발 저린 꼴이죠. 큰 죄를 진 죄인처럼 고개를 숙였습니다.

"죄송합니다. 저는 전주교구 농촌사목을 하는 최종수 신부입니다. 오늘 돼지고기를 납품하기로 해서 왔는데 지하 1층에 자리가 없어서 2층으로 내려오다가 이렇게 차가 천장에 끼겼어요."

뒷바퀴 4개 바람을 뺐습니다. 탑차 안에 수위 두 분과 함께 탔습니다. 문을 빼꼼히 열고 천장이 닿나 안 닿나 보며 차가 후진하는 것을 보았습니다. 플라스틱 상자 두 개 가득한 돼지고기를 12층 식당까지 옮겼습니다. 원장님께 인사를 드리고 밖으로 나가 저녁을 먹었습니다.

다음 작전은 타이어에 바람 넣기입니다. 8시가 넘어서 카센터가 문을 닫는 시간이었습니다. 탑차 주인에게 연락해서 긴급출동서비스를 신청했습니다. 이렇게 해서 똥돼지 팔기 작전은 막을 내렸습니다. 집에 도착하니 12시 30분쯤 되었습니다. 그런데 돼지 한 마리에 얼마를 받았을까요?

한 마리에 100만 원 받았습니다. 6개월 동안 쌀겨를 먹였는데 일주일에 1포 반, 6개월이면 36포, 한 포에 8천 원이면 30만 원 정도입니다. 새끼 때 먹인 사료비 2만 원, 코코피트 톱밥 운반비까지 5만 원, 돼지 도축비 10만 원, 탑차 기름값, 고속도로 통행료와

렌트비 20만 원. 새끼 분양비 15만 원, 진공포장비 2만 원, 점심 저녁 식사비 1만 원, 총비용 93만 원입니다.

매일 아침저녁으로 돼지밥 준 인건비, 옥수수와 고구마줄기 등을 카트기에 잘라서 엔실리지 담은 비용, 아침저녁으로 풀을 베서 쌀겨에 버무려 발효사료를 먹인 비용은 포함되지 않았습니다. 하루 최소한 한 시간 노동했다 하고 시간당 5천 원 계산하면 한 달에 15만 원, 6개월이면 90만 원입니다. 그러면 유기농 돼지 한 마리 원가가 183만 원입니다. 6개월 동안 수고한 것으로 보면 183만 원이 통째로 남아야 하는데 남는 건 없고 오히려 83만 원 손해봤습니다. 이것이 농사이며 이것이 축산입니다. 남는 건 돼지머리와 내장과 뼈뿐입니다.

새벽 1시경에 잠자리에 누웠습니다. 그동안 비용을 생각하니 가슴이 먹먹했습니다. 농민의 기가 막힌 삶을 생각하니 너무 슬퍼졌습니다. 뜨거운 이슬이 두 볼로 흘러내렸습니다.

프란치스코 교황님은 양 치는 목자에게서 양의 냄새가 나야 한다고 말씀하십니다. 무엇보다도 교황님은 '상대적 빈곤'을 심각하게 우려하십니다. "형제애의 원칙을 증진하는 효과적인 정책이 필요하다"고 당부하십니다. "소득의 지나친 불균형을 완화시킬 수 있는 정책이 필요하다"고 강조하십니다. 인건비도 나오지 않는 한국 농민들을 두고 하시는 말씀이 아닐까요.

만나 블루베리

새벽마다 뻐꾸기가 웁니다. 짝을 찾는 애절한 노래를 들으면 보고픈 사람을 향한 그리움이 간절해집니다. 농촌의 희망을 찾아 진안으로 들어온 지 6년, 단순 소박한 삶을 향한 만나생태마을 공동체를 꾸려 온 지 5년, 힘들고 고단한 세월이었습니다. 그러기에 보람도 컸습니다. 자급자족의 꿈이 한 알 한 알 영글어 갑니다. 블루베리가 그 열매입니다.

만나생태마을은 진안고원 450m에 보금자리를 만들었습니다. 저희 공동체 앞으로 개울이 흐릅니다. 가뭄이 들어도 물이 마르지 않습니다. 금계곡이라는 마을 맨 위쪽에 자리를 잡았습니다. 옹기종기 모여 있는 집들이 인공구조물의 전부입니다. 멧돼지가 고구마밭을 서리하고 노루가 작물들의 잎을 뜯어 먹는 산골마을입니다. 그러기에 저희 공동체에서 수확한 농산물은 맑은 물과 신선한

당신 덕분에 여기까지 왔습니다

바람과 유기 거름을 먹고 자란 건강한 먹을거리입니다.

유기농업이 얼마나 힘든지 매일 몸으로 배우고 있습니다. 효소와 쌀겨, EM과 생선발효액, 부엽토와 목초액, 유박과 막걸리 등으로 키우니 힘들고 열매도 적게 열립니다. 제초제 대신 손과 예초기로 제초를 합니다. 풀과의 전쟁인 생명농업이 얼마나 힘들고 외로운 길인지 통감하며 살고 있습니다.

그런데 화학비료를 준 관행농법으로 키운 농업기술센터 블루베리는 나무도 크고 열매도 주렁주렁 열립니다. 유기농법보다 많게는 3배 가까이 수확이 나옵니다.

유기농법으로 재배하는 것보다 더 어려운 건 생명을 바쳐 수확한 블루베리를 판매하는 것입니다. 절제와 인내를 배우며 한 알 한 알 감사하는 마음으로 기도하며 잘 익은 것만 땁니다. 맛나게 드실 분들의 행복한 얼굴을 생각하면 수확의 노동이 기쁨이 됩니다.

1kg를 따려면 500번의 손, 아니 2,000번 이상 손이 갑니다. 잘 익은 것만 골라서 따야 합니다. 다른 과일은 약간 덜 익은 것을 따도 이삼 일 지나면 숙성이 되는데 블루베리는 그렇지 않습니다. 레드가 조금만 섞여도 안 되는, 온전히 블루만을 따야 합니다. 그러기에 열매 따기가 쉽지 않습니다.

가족들이 둘러앉아 도란도란 이야기를 나누며 작고 모나고 상처 입은 것을 골라내고 좋은 것만 용기에 담습니다. 식구들과 정성과 기도로 수확한 사랑의 열매지만 사람의 눈으로 선별하기에 간혹 벌레 먹은 것이 들어갈 수도 있습니다. 이는 농약을 하지 않았다는 증거입니다.

서울 방배동에 사는 신자가 저희 마을을 방문해서 블루베리 맛을 보고 이렇게 말했습니다.

"이마트에서 사다 먹는 블루베리는 맛이 심심해서 믹서에 갈아 우유에 타 먹는데 여기 블루베리는 새콤하고 달콤하네요. 진안고원 고랭지에서 생산한 것이라서 그런지 생과로도 맛있는데요. 마트에서 산 블루베리는 화학비료를 주고 해발 50m 내외의 평지에서 재배한 블루베리라서 그런가 보죠."

블루베리는 신의 내린 과일이라고 합니다. 그래서 인디언들이 약으로 사용했습니다. 하루에 30알 정도 드시면 노화방지, 성인병, 암예방에 좋습니다. 블루베리를 생과로 맛있게 드시려면 플라스틱 통에 넣어 냉장 보관하면 좋습니다. 하지만 4일 이상 냉장보관하면 과일이 건조되고 물러지기 시작합니다. 오래 두고 드시려면 비닐백에 싸서 냉동보관해서 드시면 좋습니다.

하시는 일마다 보람된 일들이 되시고, 가족과 이웃과 더불어 행복한 날들 되시길, 가족들과 미사와 노동과 기도로 함께 하겠습니다. 깊은 산골의 삶은 그리움이 깊어가고 사랑의 눈빛이 맑아지는 삶인가 봅니다.

그리운 벗에게

    풀벌레와 새소리가 시원하게 들려오는 진안의 하늘은 높고 아득합니다. 등줄기의 땀방울을 식혀 주는 바람도 상쾌합니다. 계곡의 물소리처럼 맑은 당신을 생각합니다.

    농사 지을 땅과 생태마을 보금자리를 만들 터전을 어렵게 마련하고 농사를 시작하기 전에 농부이신 하느님 아버지께 감사미사를 봉헌했습니다.

    "당신의 아파하는 곳, 당신의 손길 필요한 곳, 먼 훗날 당신 앞에 나설 때 저를 안아 주소서."

    농사를 시작하면서 농촌을 더 많이 생각하게 되었습니다. 농촌은 국민의 희망의 뿌리인데 고령화되고 침체되어 가고 있습니다.

    진주에서 있었던 농촌사목 담당신부 전국모임에 함께 했습니다. 시골에서 3년째 농사를 짓고 있는 아우 신부와 진안으로 돌아왔습

니다. 아우 신부의 1톤 덤프트럭과 제 소형자동차를 바꾸어 타기
위해서였습니다. 9월 중순부터 3세대가 살아야 할 집을 지어야 하
는데 자금이 넉넉지 않아 경비를 줄이기 위한 자구책이었습니다.

　아우 신부와 생태마을 농장을 둘러보고 비닐하우스 간이식당에
서 점심을 먹었습니다. 자급자족을 꿈꾸는 생태마을을 둘러보기
위해 진안군 땅으로 나 있는 등산로와 임도를 걸었습니다. 숲과
계곡, 어머니 뱃속 아이처럼 자리한 마을 터의 아늑한 풍광에 감
탄한 아우 신부, 좋은 터를 잡았다며 저보다 더 기뻐했습니다. 아
우 신부는 농촌을 향한 사랑처럼 부귀공소 마당에 1톤 덤프트럭을
남겨두고 소형자동차를 몰고 멀리 의정부로 출발했습니다.

　1톤 트럭을 몰고 농장으로 갑니다. 숲의 그림자가 내려앉은 고추

밭에서 붉은 고추를 땄습니다. 고추 네 포대를 시운전차 덤프트럭에 실었습니다. 저희 농장을 방문한 대부님과 대모님, 안식년 동안 함께 생활한 아버님과 어머님과 비닐하우스 식당에서 소박한 저녁을 먹었습니다. 집을 지을 때까지 임시 생활공간인 부귀공소로 이동했습니다. 성당 뒤편 제의방에 작은 이불가방과 옷가방 하나가 덩그렇게 앉아 있는 방을 둘러보고 주방의 냉장고도 열어 보십니다.

두 아버지와 어머니가 성당을 빠져나갑니다. 초등학교 옆 들판에 혼자 서 있는 성당, 공소에 자식 하나 홀로 남겨두고 가는 아버지 어머니의 눈빛이 짠합니다.

풀벌레 소리와 간간이 달려오는 자동차 소리, 텔레비전도 인터넷도 없는 방 가운데 생태마을 지도가 덩그렇게 놓여 있습니다. 이런저런 계획들 사이로 혼자라는 생각이 파고듭니다.

풀벌레 소리와 함께 홀로 미사를 드립니다. 자연과 인간을 위해 오롯이 살아갈 수 있기를 간절히 두 손 모읍니다.

잠자리에 들기 전 성당 제단에 무릎을 꿇었습니다. 성체가 없는 빈 감실처럼 텅 빈 영혼에 영롱한 별빛이 반짝입니다. 공소에서의 첫날 밤이었습니다.

주일 오후 4시 공소에서의 첫 미사를 봉헌했습니다. 주일에 팔복 성당 빈첸시오회의 자장면 봉사단을 초청해서 부귀공소 어르신들을 대접하려고 합니다. 자장면과 탕수육, 여러 떡과 과일과 튀김,

전어무침에 진안 막걸리로 소박하고 풍성한 음식을 준비할 것입니다. 부귀에서 터전을 잡고 살아오신 어르신들 덕분에 제가 부귀에서 농사를 시작할 수 있었기 때문입니다.

첫 미사 때 자장면과 여러 음식을 대접하고 싶은 마음 간절했지만 첫 미사 때 잔치를 하는 것이 어르신들에게 부담스러울 수 있을 것 같아 두 번째 미사 때 어르신들을 대접하기로 했습니다. 농사를 잘 지을 수 있도록 관심과 사랑을 주시라고 미리 부탁드리기 위해서입니다. 미리 짜웅을 하는 것입니다.

농부는 가장 거룩한 사람입니다. 농사는 세상의 그 어떤 일보다도 소중합니다. 쌀과 배추 농사를 짓는 농사꾼이 없으면 밥상을 차릴 수가 없습니다. 밀 농사를 짓는 농부가 없으면 미사의 성체를 축성할 수 없습니다. 포도 농사를 짓는 농부가 없으면 미사의 성혈을 축성할 수 없습니다. 세상에서 가장 소중하고 거룩한 농부이신 어르신들에게 조그마한 위안과 희망이 되었으면 좋겠습니다.

농부의 길은 두렵고 떨리는 길입니다. 농사를 처음 시작했을 때, 하루 종일 포도나무를 심고 허리가 너무 아파서 앉아 있을 수도 누워 있을 수도 없었습니다. 무릎을 꿇고 엎드려서 끙끙 앓았습니다. 그렇게 허리가 끊어질 듯 아픈데도 마음에는 행복이 가득했습니다. 그 행복은 저 혼자만의 행복이 아니었습니다. 저를 위해 기도해 주시고 성원해 주시는 모든 분들의 행복이었습니다.

신부님, 꿈만 같아요

발을 씻어 준다는 것은 그 사람의 발 아래로 내려간다는 것입니다.
할아버지가 손녀의 발을 씻어 주는 것입니다.
대통령이 농부의 발을 씻어 주는 것입니다.
하느님께서 인간의 발을 씻어 주는 것입니다.

배반한 것을 아시고도 유다의 발을 씻어 주시는 예수님
하루에도 몇 번씩 가난한 이웃을 모른 체하는,
우린 당신의 복음을 배반한 현대판 유다는 아닌지요.

12사도 중에 여자는 없었습니다.
그러나 무덤을 처음으로 찾아간 사람은 여자였습니다.
부활하신 예수님을 처음으로 만난 사람도 여자였습니다.
인류 역사는 폭력과 침략의 남자들의 역사가 아니라
생명과 사랑의 여자들의 역사였습니다.

여자 임원들과 함께 12명의 사목회 임원들의 발을 씻어 줍니다.

주전자에서 발등으로 따뜻한 물이 내려오고
발을 씻고 수건으로 발을 닦아 드립니다.
그리고 예수님의 마음으로 발등에 입맞춤합니다.
열두 번 간절히 발등에 입을 맞춥니다.
"예수님, 저도 당신처럼 겸손한 사람이 되게 해 주십시오."

열두 명의 사목회 임원들이
열두 명의 반장님 발을 씻어 드립니다.
열두 명의 반장님들이
열두 명의 반원들의 발을
열두 명씩 전 신자들의 발을 씻어 줍니다.

사제는 먼저 복음의 빛으로 세상의 어둠을 씻어 주는 사도입니다.
그리고 신자들의 발을 씻어 주는 봉사자입니다.
사목회 임원들은 반장님들의 발을
반장님들은 반원들의 발을 씻어 주는 봉사자입니다.

"신부님 꿈만 같아요."
"80평생 처음으로 세족례에서 발을 씻었어요."
"신부님 한 달은 안 씻어도 되겠지요."
"하~하~하~. 벌써 발 꼬랑내가 진동하네요."

당신 덕분에
여기까지 왔습니다

물처럼 낮은 곳에서 당신이 보여 주신 희망의 노래

교회인가   2014년 4월 14일
펴낸날   초판 1쇄 2014년 4월 5일
          초판 5쇄 2015년 6월 25일

지은이   최종수
펴낸이   서용순
펴낸곳   이지출판

출판등록   1997년 9월 10일 제300-2005-156호
주 소   110-350 서울시 종로구 율곡로6길 36 월드오피스텔 903호
대표전화   02-743-7661 팩스 02-743-7621
이메일   easy7661@naver.com
디자인   design PyM
인 쇄   (주)꽃피는청춘

ⓒ 2014 최종수

값 13,000원

ISBN 979-11-5555-018-2 03810

※ 잘못 만들어진 책은 바꿔 드립니다.

이 도서의 국립중앙도서관 출판시도서목록(CIP)은 서지정보유통지원시스템 홈페이지(http://seoji.nl.go.kr)와
국가자료공동목록시스템(http://www.nl.go.kr/kolisnet)에서 이용하실 수 있습니다.(CIP제어번호: CIP2014009889)